「左手を寄越せ」

薄っすらと日焼けの痕が残る指に苦笑して、
京弥は彼の相手に詫びながらそこへ口づけを落とす。

（好きだ……これからもずっと……きっと、一生）

だから、どうか幸せに。

「京弥……？」

Illustration／AKIHO KOUSAKA

プラチナ文庫

Platinum Label

素直でいられる恋の確率

清白ミユキ

"Sunao de Irareru koi no Kakuritsu"
presented by Miyuki Suzushiro

プランタン出版

イラスト／香坂あきほ

目次

※本作品の内容はすべてフィクションです。

素直でいられる恋の確率

1

ケアンズ国際空港に降り立つと、京弥《きょうや》は腕時計を確認した。

(宿泊先まで二十分もあれば行くな。着いたらまずは食事だな)

グレートバリアリーフで有名なグリーン島への玄関口であるケアンズは、有名な観光地のわりに市内は小さくて人口もそう多くない。

京弥が勤める三上《みかみ》コーポレーションは、ここケアンズにホテルを展開している。プライベートビーチを持つ『プリズム・ミカミ』は、訪れる観光客に至福の時間を過ごしてもらえるようにと、外観や内装に趣向を凝らした高級リゾートホテルだ。

白亜の宮殿といった造りに合わせて、室内はたっぷりと寛げるように贅沢《ぜいたく》な広さを確保している。最高級の籐《とう》を使用した家具や、上質のリネン、充実したアメニティなども人気を呼び、要人の宿泊や新婚旅行によく使われる。

京弥が所属する海外事業部の、企画開発室第一グループは、ホテル内の和食レストランをリニューアルするためプロジェクトを立ち上げたばかりだ。

プロジェクトのリーダーとして現地入りした京弥は、各国を飛び回るこの仕事に充足感を得ている。なにより仕事が大事だし、企画を成功させることこそが京弥の自尊心を満たしてくれた。

部署内は、英語を始めとした各国の言語が飛び交い活気に満ちている。エリートが揃う海外事業部は、花形部署の一つだ。そこで働く男子社員は、女子社員たちから羨望の眼差《まなざ》しを向けられている。その中でも、京弥は特に注目の的だった。

失敗を許さないプライドゆえに完璧に仕事をこなすので『仕事ができる』と評判で、上司や部下の信頼も厚い。さらに見た目が麗《うるわ》しいとくれば、女性の関心を引かないわけがない。

日本人の平均値を越す身長で、スーツをまとった痩躯《そうく》の背筋はいつもすらりと伸びている。

切れ長の二重瞼と高い鼻梁《びりょう》に、薄い唇と細い顎がシャープな印象を他者に与える。白い肌とは対照的な、からすの濡れ羽を思わせる黒髪。宝石のように輝く黒い瞳は、意思の強さと仕事に対する自信を窺わせる。いわゆる京美人といった容姿は、海外の取引相手からも興味を持たれることが多い。

人目を引く美貌と、必要以上に愛想を振りまかない割り切った性格が、ストイックな雰囲気を醸《かも》し出しているといわれ、さらに京弥の存在を特別に見せた。

おいそれとは近寄れない雰囲気を持ちつつも、三十四歳という年齢が周囲に結婚を意識させるのか、女子社員からの誘いは後を絶たない。一部の男子社員からはそれを羨ましがられたりもするけれど、しかし残念ながら、京弥にとって異性からの誘いは『わずらわしい』の一言に尽きた。

（結婚なんて興味ない。面倒なことは嫌いだ）

昔から付き合ってきたのは同性ばかりで、しかも相手にしてきたのは物わかりのいい年上が大半だ。同年代や年下の男と付き合ったこともあるが、彼らは一様に自尊心ばかり高くて知識が薄く、思慮に欠けた。

元々人と馴れ合うことが苦手だった京弥にとっての恋愛とは、一夜限りのドライなものだ。たまに気が合って長く付き合っても、ひと月が限界だった。情熱的な恋なんて面倒だし、憧れもない。セックスなんてストレス解消の手段でしかないから、吐き出すものを吐き出したら終わりという淡白な繋がりが好きだった。

だが、そんな京弥にも、本当の恋というものを教えてくれた男がいる。

三年前にニューヨークの空港で声をかけてきた男、名前を上条歩武《かみじょうあゆむ》という。

平均身長の高いアメリカ人たちの中にあっても引けをとらない長身の持ち主で、容姿はこれまた一級品で申し分ない。国際線の副操縦士という肩書きを持った二つ年下の男は、規則に厳しいといわれるパイロットの中でも異色な存在に映ったものだ。

『今、俺の便に搭乗してましたよね』

きっかけの言葉は詐欺《さぎ》師のようだったが、当時の京弥は仕事に忙殺されていて、恋愛に飢えていた。なのに、声をかけてきた歩武は京弥が苦手としている年下で、さらには規則に縛られることをよしとしない、我の強さと情熱を窺《うかが》わせる面倒なタイプに見えた。それでも歩武と楽しもうと決めたのは、彼から滲《にじ》み出る雄の匂いと肉厚の唇が気に入ったからだ。歩武の唇はとても魅力的で、見た瞬間から心惹かれた。

それから色々とあって、紆余曲折《うよきょくせつ》のすえに二人は恋人という関係に納まった。

恋人になったときは、嬉しいと思ったものだ。しかし一年ほど付き合ったが、歩武の海外転勤が決まって二人は別れてしまった。原因は、やはり自分だ。離れ離れになってしまうことが嫌でたまらなかった京弥が、癇癪《かんしゃく》を起こしたのが別れ話の発端だ。

『付き合っていけるわけがない！』

売り言葉に買い言葉というような言葉を放ったとき、歩武は大きく息を飲んで一瞬言葉を止めた。後にも先にも、あれほどショックを受けた歩武を見たのは初めてだ。

彼も、転勤に関してはなにか思うところがあったのだろう。とにかく冷静になって話し合おうといわれたけれど、冷静になれるはずなどなかった。

三年間も日本を離れるというのだ。いくら、パイロットという特権を生かして気軽に帰ってこられるといわれたって、時間や距離は今以上には縮められない。それをわかっていたから、京弥は納得できなかったのだ。

長い時間、話し合った。話し合うというよりは、一方的に京弥が無理と決め付けて譲らなかったのだが、歩武はそれでも根気よく説得してくれた。けれど、話し合いは平行線のまま、結局は物別れに終わった。

ただ、離れることが寂しかっただけなのに、なぜこんなことに？　という重苦しい空気の中、歩武は京弥の部屋から去っていったのだ。

歩武を追い出してしまったときの言葉は、今も夢に見るほど後悔している。脳裏にこびりついて離れなくて、思い出すたびにひどい自己嫌悪に苛《さいな》まれてきた。

あれから二年、その間に歩武とは一度も会っていない。

別れたことを後悔しているわりには、素直になれない気持ちが邪魔をして連絡をつけられないでいる。

彼を忘れたことなど一日たりとない。偶然という言葉にすがって、空港を利用するたびにくまなく目を走らせていたけれど、それでも歩武の姿を見つけることはできなかった。

今も、飛行機を降りてから空港内に視線をさまよわせているが、会いたい男の姿はない。

（会いたいなら、思い切って電話をかけてみればいいんだ……）

機内では落としていた携帯の電源を入れて、アドレスから歩武の名前を拾う。この二年間、何度となく見つめてきた番号だが、高いプライドが邪魔をしていつも最後のボタンが押せずにいた。

電話をかけることもできないくせに、忘れることもできない自分が女々しく感じられて、京弥はいつものように溜息をこぼすと携帯をスーツの胸ポケットへとしまう。

「なにやってんだ……まったく……」

いい加減にあの男のことは忘れろ！　と自身を叱咤《しった》せずにはいられない。

（あいつは、俺のことなんてとっくに忘れてるんだ！）

京弥が連絡をつけられないだけでなく、歩武からもまた連絡はこない。

いくら想ってみたところで、歩武は戻らない。そんな悔しさとも悲しみともつかない思いを振り切るように、空港をあとにしようと歩みを運ぼうとしたとき、背後から声をかけられた。

「誰かと待ち合わせですか？」

耳に心地好く飛び込んでくる低い声に訊《たず》ねられて、京弥はびくりと足を止める。

（え………？）

声をかけられた背後を信じられないといった思いで振り返ると、三本のゴールドラインが入った白いシャツを着たパイロットの姿が目に映った。

京弥よりも十センチほど高い長身の持ち主は、片手にフライトバッグを持ち、片手をスラックスのポケットに突っ込んだ姿勢でこちらを見ている。

顔は彫りが深く整っていて、茶色の瞳は覇気に満ちて強く、野生の肉食獣を思わせた。垂れ目がちの眦《まなじり》に対してつり上がった眉、高い鼻梁としっかりとした顎は日本人離れしている。長めに伸ばした癖のある栗色の髪は、短髪の多いパイロットの中でも異端児ぶりを発揮しているように感じられた。

誰に聞いても男前だと答えるだろう男の、肉厚の唇が動くのを、京弥は驚きを隠せない表情で見つめた。

「久しぶりだな、京弥」

これまでどれだけ願っても会えなかった歩武の姿がそこにあって、信じられないという驚愕の思いを浮かべつつ男の名前を呟く。

「あゆ……む？」

偶然という運命に想いを託してから二年、ようやく願いが通じたこの瞬間に京弥の頭の中は真っ白だった。

「なんで……お前が、ここに？」

ぽつりとこぼせば、歩武はからかうような笑みを浮かべる。

「なにいってんだよ、空港は俺の職場だろ？」

いわれて初めてここが空港であることを知ったようにハッとして辺りを見回し、京弥は自身の狼狽《ろうばい》ぶりを思い知らされた。そんな自分に気づいて、途端に京弥は激しい羞恥と緊張を覚える。

（な、なにを俺は……っ、みっともない……っ）

歩武との再会に動揺する自分を誤魔化《ごまか》すように、美しいと定評のある顔をふいとそらして答えた。

「あ、ああ……そうだったな」

『無駄に高いプライド』と彼に揶揄《やゆ》されたことがあるくらい、京弥の自尊心はときに自身でも持て余すことがある。今も、どれだけ会いたかったかという気持ちを、素直に態度で表わせない。以前は恋愛に意味を見出せなかった自分が、二年間も想い続けていたというだけでもすごい事実なのに、それを表に出せない可愛げのなさが京弥は歯痒かった。

「こんな小さな空港にも寄るんだな」

とらえようによっては『会いたくなかった』といいたげな不遜な態度を崩せないままでいつつも、今にも飛び出そうな心臓をなだめるように声を発する。すると歩武は鼻で笑って、昔と変わらない小馬鹿にした口調でいってきた。

「空港の大きさで仕事が決まるわけじゃないさ、——といっても、仕事はシドニーまでだけどな。今はシドニーに住んでるんだ」

「シドニー？　なら、なぜケアンズへ？」

訝《いぶか》しげに問い返すと、歩武は皮肉な笑みを刻む。

「休日をケアンズで過ごそうと思って、乗せてもらってきた」

パイロットの特権を口にする歩武に京弥も納得し、そしてデジャ・ヴュを感じる。

(初めて出会ったときと似てるな……)

仕事でニューヨークを訪れた京弥と、仕事を終えて休日をニューヨークで過ごそうとしていた歩武。三年前の出会いが鮮明に思い出されてきて、京弥の鼓動を強く打ち鳴らした。

あのときのように、また関係を始められないだろうか……と、久しぶりに会った歩武を、京弥は眩《まぶ》しそうに瞳を細めて見入る。

二年前とさほど変わらない容姿や雰囲気に、安心と懐かしさで胸がつまる思いがした。

こうして再会してみて、どれだけ彼を待っていたかを再度思い知らされた気がする。

言葉もなく見つめていた京弥を、歩武もまた強い眼差しで見つめ返す。時が止まるとはこういうことをいうのだろうと思わせるような一瞬で、周りの音すらも聞こえてこない。

まるで抱えた想いを伝えるように歩武を見つめていた京弥は、この瞬間プライドもなにもかもを忘れていた。

(会いたかった……ずっと会いたかったんだ……歩武)

そんな苦しい思いを無意識のうちに口に上らせようとした京弥だったが、他の空港利用者の荷物でも当たったのだろうか、スーツケースがかつんと振動したことによってハッと我に返った。

(あ……俺は、なにを……)

自分はいったいなにをいおうとしていたんだと、急に羞恥が湧いてくる。

視線を合わせていられなくて長いまつ毛で瞳を覆い隠しつつ、京弥はまるでいい訳のように自分がこの場にいる理由を告げた。

「ぐ……偶然だな。俺も、仕事で訪れたんだ」

できれば年上らしく、余裕のある態度でスマートな再会を果たしたかった。なのに、口ごもってしまう自身の動揺を内心で苦々しく思いながらいった。そんな京弥に歩武の唇がなにかいいたげに開かれる。だが、一度開かれた唇は、なぜかそのまま閉ざされてしまう。およそ彼らしくない様子に眉間を寄せると、素っ気ない口調を向けられる。

「……ああ、そう」

歩武の声は、つい一瞬前まで見つめ合っていたとは思えないほど冷たく感じられた。だから、それまで高鳴り続けていた京弥の心臓が、ここにきてズキリと痛みを覚える。

(会いたくなかった……って声だな)

興味がないといわれたようで切なくなって、けれど、それも当然だろうかとスーツケースの柄《え》をきつく摑む。

別れた恋人に興味を持てという方が間違っている。それに、偶然聞いてしまった彼の噂を京弥は知っていた。

別れてから半年が経ったころだ。

どうしても歩武に会いたい気持ちが抑え切れずに、せめて近況だけでも訊けないものだろうかと、彼の勤める航空会社のパイロットたちに声をかけようと考えていたことがある。そんなとき、たまたま彼らの話を耳にして京弥は愕然とした。

『上条のヤツ——そう、上条歩武。あいつ婚約したって？　そんな噂聞いたけど？』

パイロットたちの会話を聞いて、頭から冷水を浴びせられた気分だった。

思いもよらなかった情報があまりにもショックでしばらく動けず、その場に立ち尽くしたままでいた。

歩武がすでに自分のことを吹っ切っているのだと知り、悲しいよりも信じられない気持ちでいっぱいだった。真実を確かめるまでは信じないと、願うような気持ちでいたけれど、噂話を聞いてからというもの連絡をとることがますます恐くなって、とうとう今日まできた。

本当に結婚してしまったのだろうか……と、歩武の左手に視線をやるが、ポケットに手を突っ込んだままで指輪を確認できない。それがもどかしいような、知ることが恐いようなといった、落ち着かない気分を味わわされる。

（俺だけが……忘れられないでいるのか？）

彼と別れてから、他の者とは一度も付き合っていない。一夜の恋を楽しんでいたころの自分とは大違いだ。歩武の思い出を引きずったままの女々しい自分がたまに無性に嫌で、その手のバーに何度も立ち寄ってみたけれど、手に触れられるだけでも嫌悪感が湧いてきて結局一度も誘いを受けられなかった。

『京弥らしくない』と、昔の自分を知る友人からは苦笑されたけれど、それを一瞥《いちべつ》するだけで文句も返せないほど弱っていたのは確かだ。こんな弱い自分は嫌だ、早く以前のようにすべてを割り切ったスマートな自分に戻らなければ……と思うものの、歩武への想いを捨て切れずに二年が経過した。

いい加減、なんらかのケリをつけなければと感じていたのも事実だ。そんな葛藤《かっとう》をしていたところへの今回の再会は、京弥に複雑な心情をいだかせる。もしかしたらやり直せるかもしれないという希望と、結婚という現実を叩きつけられる絶望。真実を訊ねたい気持ちと、それを拒む気持ちがせめぎ合い、眉根を難しく寄せる京弥に歩武がいう。

「京弥、あんた夕飯は?」

「えっ……あ、ああ……宿泊先についてから……」

グループの経営するホテル内の仕事であっても、さすがに高級リゾートホテルの一室に滞在するわけにはいかない。けれどその代わりに、従業員のために用意された部屋を貸してもらえることになっている。コテージ風の外観を持つ家は、ちょっとしたリゾート気分を味わえると教わった。仕事の都合で、明日現地入りする予定の同僚は、それが楽しみだと浮かれた声をあげていた。

「会社のヤツと一緒?」

再び訊ねられて、京弥は曖昧《あいまい》に返す。

「いや、今夜は……ひとりだ」

正直に口にしたまではよかったが、自ら発した言葉に京弥は失敗したといいたげに眉間を寄せた。

（今夜はひとりだなんて、誘ってるみたいじゃないか！）

ベッドにひとり寝であることを告げて、暗にセックスを誘った気分だ。

それを考えすぎだと思えなかったのは、自分たちの関係が身体から始まったという過去があることと、歩武が舌なめずりしたせいだ。その様子は、餌を前にした獣のようで、京弥は下腹部の辺りに炎がともるのを感じた。

（あいかわらず……煽《あお》るのが上手い）

肉厚の唇も、そこに這わされる舌も、京弥の性欲を刺激する。強い眼光は見つめられるだけで犯された気分になるし、無意識に濃くしたフェロモンは身体にまとわりついてくるようだ。それだけで、腰の辺りがもどかしく揺れそうになる。

そんな歩武の仕草に欲情したことを知られるのが恥ずかしくて、眉間の皺をさらに深くして顔をそらすと、羞恥を気取《けど》られたくなくて強い口調で告げた。

「これから、担当者に挨拶《あいさつ》をしに行かないとならない」

本当は明日でも良かったが、取り繕うように口から滑り出る。すると、京弥の気持ちを見透かしたように歩武が鼻を鳴らしていった。

「じゃぁ、挨拶が終わったら、今夜は一緒に食事しようぜ」

歩武の誘いに、京弥の心臓がドキリと音をたてる。

再会を望んだ男からの誘いを、喜んでいる自分がいる。素直に嬉しいと思うけれど、京弥はそれを表立って伝えることが苦手だし、さらには拭えない懸念が残っている。

(結婚の報告、じゃないよな?)

そんな報告なら聞きたくないという不安に迷いはあったが、歩武とこのまま別れることはさらに本意じゃない。

せっかく会えたんだ……と、京弥は胸の高鳴りを自身に聞きながら頷いた。

「わかった……どこかで待ち合わせよう。宿泊先はどこだ?」

できるだけ冷静さを装って訊ねると、歩武の告げたホテルの名前に驚愕した。

「『プリズム・ミカミ』」

「うちの……ホテル?」

「……ああ、ケアンズの中では一番過ごしやすい」

男が休日にひとりで過ごすようなホテルではない。

歩武のセリフからは、男にしろ女にしろパートナーの存在が窺える。だから、京弥は生唾を飲み込んだ。

（誰かと……一緒なのか？）

　訊ねたい気持ちはあったけれど、真相を聞くのが恐くて口をついて出ない。すると、本当に結婚の報告のような気がしてきて、京弥の心臓が怯えるように竦《すく》んだ。食事の席についたら、歩武の隣に知らない誰かがいるのではなかろうか……と、押し寄せてくる不安に抵抗するように、きつく唇を引き結ぶ。

　中々待ち合わせ場所を指定しない京弥に、痺《しび》れを切らすように歩武が訊ねてくる。

「仕事って、もしかしてホテルの中か？」

「あ……ああ」

　ぎこちなく頷くと、歩武が革靴をこつりと鳴らして近づく。京弥の鼓動が胸を大きく叩いた。

「だったら、一緒に向かっちまった方が早いよな」

　体温が感じられそうなほど近距離に、身体は熱を上げる。

　歩武に触れたい、触れられたいと、心がざわめいた。

「一緒でいいよな？　京弥？」

　今にも唇を触れ合わせてきそうな甘い声音の歩武に、京弥は腰が抜けそうになるのを必死に耐えながら頷いた。

京弥が仕事の担当者に挨拶を終えると、久しぶりに歩武との食事を楽しむために、ホテル内のレストランへと赴《おもむ》いた。薄暗い店内は、リゾート地を訪れたカップルの気分を盛り上げるよう演出に力を入れている。

テーブルに置かれたキャンドルが手元をぼんやりと照らす中で、京弥は歩武の左手へと視線をやった。銀色のカトラリーが時おり鈍い光りを放つけれど、歩武の薬指に光るものはなくて、京弥は安堵《あんど》に胸を撫で下ろす。

(ない……良かった)

指輪がないからといって結婚していないと決め付けるのは早計だと思ったが、それでもひとまずは安心した。

ホテルに着いたらパートナーを紹介されるかもしれないと懸念していたけれど、それもない。ホッと息をこぼしたが、それでも、男がひとりで宿泊するには向かないホテルに泊まるということが、京弥の中からすべての疑いを追いやらせないでいた。

どういうつもりでこのホテルに泊まろうと思ったのか、真実を訊ねたいのに言葉が上手く出てこない。

食事中に交わされる言葉の中で、互いに恋人の有無について触れることはなかった。

(気になっているくせに訊くことができないだなんて……俺らしくない)

言葉を躊躇《ためら》ってしまう自身の弱気にそっと溜息をこぼせば、それを耳ざとく拾った歩武から皮肉にも感じられる声がかけられる。

「なに？　なんか、考えごとか？」

食事中に溜息なんてついた自分を恥じて、京弥は短い謝罪とともに言葉を濁す。

「ああ……すまない。ちょっと……明日のことを……」

ここで本音がいえるくらい素直な性格なら、きっと歩武との関係は終わっていなかっただろう。訊ねられるチャンスを何度も逃す自身に、京弥はまた溜息が落ちそうになるのをぐっと喉の奥に飲み込む。

「そういえば、あんた、明日の予定ってどうなってるんだ？」

予定を訊ねられた意図はわからない。だが『明日』を気にしてくれただけで、京弥の心臓はとくりと音をたてる。食事の誘いだろうか？　と期待しつつ、胸の高鳴りを悟られないように冷静さを努めて装って返す。

「明日は……昼から街中のレストランをいくつか見て回る予定だ。夕方前には同僚がくるからそこで合流して……また店舗を回るつもりでいる」

できれば互いの都合が合う限り会っていたい。けれど、明日の夜にはもう一緒に食事もできなくなる。口に上らせるとあらためて現実を思い知らされた気がして、京弥は窓の外へと視線をやった。

（そうか……今夜だけなんだな……）

ようやく再会できたが、自分たちはよりを戻したわけではない。明日を約束できる関係じゃないんだと思えば寂しさが湧いてくる。

また後悔するくらいならいっそ勇気を出して訊ねてしまえばいい……と、京弥が気持ちを奮い立たせようとすれば、歩武の手がワインボトルを振って見せてきた。

「なぁ、部屋で飲み直さないか？」

三年前と同じような誘い文句に、鼓動が胸を叩く。

まるで出会ったときの再現をしようといわれている気がして、京弥の身体は熱を帯びる。見つめてくる歩武の瞳は肉食獣を思わせるほど強い光を宿していた。そこにあからさまな性欲の色が浮かんでいることに気づいて、京弥は期待をするようにこくりと喉を鳴らしてしまう。

（もしかしたら……戻れる……のか？）

自分が彼を求めるように、彼もまた自分を求めてくれているのだと、その瞳が感じさせてくれる。これがただの勘違いではないことを祈りながら、京弥は緊張した面持《おもも》ちで頷く。

「ああ、飲み直そう」

京弥が膝に置いたナプキンをテーブルの上に置くと、歩武の瞳がどこか厳しい様子で眇《すが》められた気がした。

誘われるまま部屋に入ると、ワインのコルクを抜く暇もなく、ソファに腰かけた途端に歩武が口づけを寄越《よこ》してくる。

このときを待っていたと思わせるようなキスはとても情熱的で、意識が一気に遠いところへと連れていかれるような陶酔さえ覚えた。

「あゆ……む……」

唾液が交じり合い、くちゅり……と卑猥《ひわい》な音をたてる。

久しぶりのキスはとても心地好くて、京弥は与えられるだけでなく、自らも求めた。

「はぁ……っあ……歩武……っ」

この二年間、ずっと我慢をしていた、とても欲しかったという気持ちを伝えるように求めると、歩武が急《せ》いた様子でスーツを脱がそうと手をかけてくる。

上着を剝《む》かれて、ネクタイを外された。ボタンを弾き飛ばしそうな勢いで乱暴にシャツを脱がそうとしてくるから、京弥は慌ててそれを止める。

「ちょっ……待てっ、歩武っ」

まるで餌を求める獣のようなその性急さに、京弥は自ら煽りながらも行為に怯んだ。

なにせこの二年間、自慰はすれども、男を一度も受け入れていない。

自身の性癖に目覚めてからというもの、これほど長い期間を男なしに過ごしたのは初めてだ。半年、いや三ヶ月ですら、身体が渇いたことはない。そんな京弥にとって二年という月日は未知の領域だ。再会に喜び、気分はひどく盛り上がっているけれど、きちんと受け入れられるだろうかという不安はある。

（大丈夫だ……何度もしてきたことじゃないか）

その証拠に身体はとても熱くて、口づけだけで性器は充分に反応している。なにも心配することはないと教えていたが、なんだか緊張はとれない。だからといって、それを正直に伝えるのはプライドが許さない。だから、京弥は目一杯に平常心を装って、美貌に笑みを浮かべた。

「ゆっくり、な？」

余裕のある素振りを取り繕うと、歩武の瞳がなぜか剣呑《けんのん》さを含む。

「……………冗談じゃねーよ」

おもしろくなさそうに呟きを返した歩武は、京弥の言葉を否定すると再びシャツの前を広げようとした。さすがに京弥も余裕を装っていられなくて、歩武の胸を押すようにして行為を止める。

「ちょっと待て！」

慌てた様子が声に出てしまったことを京弥は恥じたが、歩武はそれを気にしないのか、気にする余裕がないのか、欲情を隠せない瞳を向けてくる。

「なんだよ？」

乱暴な口調は、はやる気持ちを抑え切れない心の表れだろうか、早く繋がりたいといわんばかりに歩武は肉厚の唇で熱く吐息し、そこを何度も湿らす。

（あいかわらず、獣じみてるな）

唇に這わされる赤い舌に、腰から首の付け根へと恐れにも似た痺れが走って、眉根を弱く寄せる。

この男に蹂躙《じゅうりん》されたいという劣情を覚える傍《かたわ》らで、固く閉じているだろう秘処は心配だ。それでなくても、歩武のものは立派で、これまで京弥が経験してきた男の中でもひと際大きい。大概の男性は憧れるだろうそのサイズと、彼の行為の激しさを知っているからこそ、京弥はやはり不安を覚える。

『バカ……っ、はげし……ッ』

ともに暮らしていたときでさえ、きつくて何度も音をあげたことがある。まるで本当に喰われているようだと、翌朝甲斐甲斐《かいがい》しく世話を焼く歩武を揶揄したことだってある。

そんな歩武と別れて、ひとり寝が寂しくて自慰で後ろをいじったことはあるが、それでも指で慰める程度だ。指では満足できずに、身悶えながら眠った夜も多い。

その事実をきちんと伝えたなら、きっと歩武も労わってくれることだろう。だが、無駄に高いと揶揄されるプライドが、二年間もひとり身だという事実を伝えたがらない。このままいわなければ、明日はひどい目に遭うに違いない。せめて主導権だけでも自分の手に……と考えていると、行為そのものを嫌がっているとでも思ったのか、歩武は眉間を険しく寄せて訊ねてくる。

「まさか、ここまできてやめるなんていわねぇよな？」

不満を浮かべる男の表情が懐かしい。昔もよく、行為を止めると不満を浮かべたものだった。まるで拗《す》ねているようだと、京弥は懐かしさと愛しさを感じながら、歩武の顔にかかる髪をつまむように除いてやる。

「そんな顔をするな、せっかくの色男が台無しだ」

そのまま髪を梳《す》くようにして触れ、京弥は唇に艶《あで》やかな笑みを浮かべて告げる。

「やりたいなら、リードは俺に譲れ」

久しぶりすぎて身体が心配だという本音は、やはり伝えられない。やっかいなプライドだと自分でも思いながら主導権を求めれば、歩武の眦がやわらかく下がる。

「変わらないな、京弥は」

変わらないことを喜ぶような口調に鼓動がトクリと音をたてた。

「お前もな、歩武」

そういって、キスを一つ交わすと、歩武の足もとに跪《ひざまず》いてパンツの前を寛げる。

黒いビキニが覗いて、そこに細い指を這わせた。

「あいかわらず、いやらしい下着だな」

小さな布に収まり切らない彼の形をなぞれば、歩武の手が京弥の黒髪に触れる。

「京弥」

促《うなが》すように名前を呼んでくる彼が、なにを望んでいるのかすぐに察した。期待を孕《はら》んだ声に視線を上げると、歩武はあからさまな欲望を向けて吐息する。

「早くどうにかしてくれ……ヤバイの、わかるだろう？」

彼の焦れた声音や様子を見るのが、京弥は好きだ。本能を剝き出しにした歩武の表情は、心から欲しがってくれているとわかるから見ていて安心する。

他の者では不快でしかなかったそれも、歩武と出会って変わった。

（やっぱり、お前じゃないと俺は……）

彼の表情を熱く見つめてから再び視線を下げると、下着を持ち上げる雄に顔を寄せる。

「いたずら、するなよ？」

口の中でくすりと笑みをこぼしてから、先走りの液で染みをつくるそこへと舌を触れさせた。

薄い布地越しに、歩武の熱が伝わってくる。今でも充分に太いそれを唇で食《は》んでやれば、そのサイズをさらに逞《たくま》しいものへと変える。

邪魔な布の中からペニスを取り出し直接口に含むと、男の味が口の中に広がっていく。こんな場面に似合わず、懐かしいと感慨さえ覚えつつ大きな亀頭を舐《な》めていると、歩武の声が多少切羽詰った様子で向けられた。

「京弥、もっと……根元まで」

耳をくすぐるように指を這わせる歩武のそれを嫌がりながらも、いわれるままに太い幹の根元まで食んでやる。

深く咥《くわ》え込むと喉を圧迫する男根に、久しぶりすぎてえずきながらも、それを悟られまいと必死に舌と唇で愛撫した。

髪や首をさまよう歩武の手が、時おり頭を押さえ込んでくる。もっと強い刺激を欲しているることはわかったが、すぐに与えてやるわけにはいかない。その間に自分も準備しなければと、京弥は疼《うず》いて仕方のない身体に自ら手を伸ばした。

スラックスの前を開いて、勃ち上がった花芯を手の中に握る。充分に硬くなっているそこをこすってやると、蜜がたらりと溢れてきて京弥の手を濡らした。せめて自分で慣らしてからと、濡れた指を背後に這わせようとすれば、頭上から嘲笑《ちょうしょう》にも似た声をこぼされる。

「なに？　あんたも我慢できねーの？」

視線を上げると、髪をいたずらしていた手が頭を持ち上げるようにして、口淫を止める。

「歩武？」

声をかけると、男がにやりと笑った。

「主導権交替」

「なっ……バカっ、おとなしくしてろって……っ」

京弥が慌てて抗議したが、細い身体はあっさりと形勢を逆転されてソファに沈められてしまう。そのまま手早く身につけているものを脱がせようとしてくるものだから、京弥はそれを止めた。

「歩武っ、いいからっ、自分でやる！」

彼の強引な手は決して嫌いじゃないが、今は許すわけにいかない。

本能を剝き出しにして穿《うが》ってくる歩武を思い出すだけで気持ちは昂《たか》ぶるけれど、それに任せていたら今回ばかりは身体に傷を負いそうだ。だからといって、二年ぶりだから優しくしてくれと請うのは、やはりプライドが許さない。

「よせっ、おとなしくできないならやめ……んんっ」

拒否をなげかけようとしたが、キスで止められた。

（くそっ、なんでいつもこんな簡単にっ！）

とても腹立たしいが、歩武は本当に自分の扱いが上手いのだと思う。それに逆らってみても、いつだってあっさり丸め込まれてしまう。

自分のペースで進めたいと主導権を握ったはずなのに、こうして簡単に形勢を逆転されると、はじめからリードは彼の手中にあったのだということを思い知らされる。自分はいつだって、手綱を握らされているだけだ。

歩武は年下のくせに、余裕で京弥から主導権を奪っていく。そのことにまた自尊心が刺激されるから、京弥はさらに頑なに抵抗するのだけれど、歩武はその様子を楽しそうに、そして嬉しそうに見下ろすものだから、悔しさが湧いてくるのだ。

あっという間に服を剝《は》ぎ取られて、うつ伏せにさせられたかと思うと小ぶりの尻を高々と上げさせられる。

「なっ、いやだ……っ！　こんな格好……っ！」

秘処を曝《さら》け出すようにとらされた体勢は、京弥が苦手とする体位だ。

まるで獣みたいに尻を上げる格好は、相手に服従している気分で好きではない。歩武と付き合っていく中でそれもずいぶん慣らされたが、久しぶりにとらされると自分の格好が情けないやら屈辱的やらといった気分でわずかに嫌悪感が湧く。

「やめろ！　まずは俺が――っ」

背後を振り返って制止を投げてみたものの、歩武はそんな抵抗を楽しむかのように笑みを含ませ、臀部《でんぶ》に口づけを落とす。

「あんたに任せてたら、一番いいとこを逃がしちまう」

「一番……いいとこ？　なんだ？」

京弥が眉間に皺を寄せて問うと、いく度となくキスを落としながらいってくる。

「一番いい瞬間。口の中ってのもいいけど、はじめは京弥の中にぶちまけるのが一番気持ちいい」

その言葉に、かーっとした熱を頰に感じた。それを見た歩武が、肉厚の唇にいやらしく舌を這わせて笑う。まるでこちらの羞恥を煽るかのようでもあれば、自分が捕食者であることをアピールするかのようでもあるその色気ある表情に、京弥の頰がさらに火照《ほて》るから顔をふいとそらす。

「い、いやらしい顔をするなっ」

赤く染まっているだろう顔を見られたくないというプライドから、顔をそらすだけでなく腕を使ってまで覆い隠そうとした。けれど、そんな京弥の抵抗を無駄だとでもいうように、歩武の手が伸びてきて細い顎をとられる。

「なにをする……っ」

強引に背後へと顔を向けさせられると、覗き込むように見つめてくる歩武の視線と交わる。羞恥する姿を揶揄でもするつもりかっ？　と身構えた京弥だが、そこに見た茶色の瞳にどきりとした。

先ほどまでの剝き出しの本能を浮かべた、少し意地悪に感じてしまうような視線ではない。互いが激しく求め合っていたころと同じ、情熱的でいて、そしてひどく切ない想いを宿した瞳がそこにある。

（なんで、そんな……目をするんだ……）

自分たちは終わっているはずだろう……？　と、問いかけたくなるような眼差しに、京弥は彼の本心を見た気がして胸が躍った。

歩武のことが、好きで好きでしょうがなかった。今も変わらずにずっと好きで、他の者には目がいかないほど好きでたまらない。優しいところも少し意地悪なところも、素直になれない自分を上手にあやすところも、好きだ。笑った顔も困った顔も、怒るくらい真剣に接してくれる顔も、歩武のすべてが好きで仕方ない。

こんなに好きなのに、なぜ別れてしまったのだろうと思い後悔してきたけれど、今瞳に映る歩武を見て、それが報われていくように京弥には感じられた。

もしかしたら、やり直せるかもしれない……そんな期待に胸が震える。切ない想いを眉間に薄く刻めば、歩武の精悍《せいかん》な顔が優しく微笑う。

「あんた、本当に変わらないな」

ふっと笑みをこぼすその顔に胸が高鳴り見惚れると、まるでうぶな子供が触れるような幼いキスを仕掛けてくる。

吐息をかすめただけの稚拙《ちせつ》な口づけだが、その淡い温もりが逆に京弥の心を熱くし、羞恥が再び舞い戻った。

「や……やめろっ、ヘンなキスをするな！」

『変』というのは言葉が適切でないと思ったけれど、頭の中が蜜で浸されたような甘美な思いのせいで、それ以外の上手い単語が出てこない。自分でも、おかしいのではと思うくらいに、心臓が高鳴っている。

（まるで、今でも好きだっていわれてるみたいじゃないか）

この行為は欲望だけじゃないと、彼の視線や声音が語りかけているようで、歓《よろこ》びに身体が震えそうになる。心臓が破裂しそうなくらいに大きく音をたてていて、歩武にまで聞こえてしまいそうだと感じるのが、また恥ずかしい。

今声をあげたら、到底自分らしくない可愛らしいセリフがこぼれ落ちそうで、急いで唇を引き結ぶ。

まだ、自分たちは想い合っている。そんな実感を京弥に与えてくれている気がした。

まだ間に合うんだ、という期待が、京弥の中で一層ふくらむ。

（そうだ……これが終わったら、今度こそ本当のことを……）

自身が素直になりさえすれば大丈夫だと、確信が浮かんだ。

自ら想いを口にするという羞恥はあるけれど、このとろとろの蜜に浸されたような思考なら大丈夫、正直にいえるはずだ、と京弥は行為を促す。

「続き……やるなら、さっさとしろ」

互いの身体が繋がった後は、きっと今よりも甘く蕩けているに違いないと思った。

本当は、しおらしいことの一つもいえたらいいのだろう。そうしたら、歩武との関係も終わることはなかったはずだ。しかし、素直になれないこの性分は治らないと、融通がきかない自身を恨めしく思いながら、京弥は歩武の手から逃れるようにして枕に顔を伏せた。その様子を見て、歩武が昔と同様の優しい声音を向けてくる。

「本当、変わらねーよ」

背後の男は鼻を小さく鳴らすようにして笑ってから、再び色に満ちた獣みたいな声でいった。

「いいさ、久しぶりに可愛がってやる」

そう発して、高く上げた京弥の尻に舌を這わせる。

「あっ……」

捕らえた獲物の味を確かめるように舐め回したかと思えば、小ぶりな双丘を割るようにして開いた先の、固い蕾《つぼみ》へと舌を伝わせてきた。

「ひゃ……っ」

久しぶりということもあって、あらぬ場所を舐められることにひどく恥ずかしい思いがする。心臓が激しく音をたてる羞恥に耐えていると、閉じた菊門を開こうとして、歩武が舌先でそこをノックした。そして、濡れそぼったその奥へと、しこらせた舌が入り込んでくるから、京弥はぞくぞくとした快感を背筋に走らせる。

「あ、あ……あゆ……む」

すがるような声で名前を呼ぶと、まるで大丈夫とでもいうように、入り口からすぐのそこだけを重点的にほぐしてくれる。それが気持ちよくて、身悶えるように腰が無意識に動いてしまう。

「よさそうだな、京弥?」

揶揄するように笑われて、京弥の心臓が小さく跳ねる。こんな淫《みだ》らなこの身体を見て蔑《さげす》まれはしないだろうかという怯えが、京弥の頭の隅にあった。強請《ねだ》るように腰を揺らしてしまう自分が、ひどく淫乱に感じる。こんな自分を歩武はどう思うだろうと考えれば、心臓は竦むけれど、それでも欲望は静まらなかった。

やわらかくふやかすように、歩武はたっぷりの唾液をなじませていく。そうして、ゆるんだそこへ節くれだった指が突き立てられると、京弥の胸は歓喜とわずかな不安に震えた。

ぐぷりと体内に入り込んだ指に、京弥は赤く色づいた唇を喘がせる。

「は、あっ……歩、武」

自分の指で慰めるのとはまるで違う、歩武にいじられているというだけで背筋に震えが走り、強い快感が襲う。どれだけこの二年間待ちわびていただろうと、指が内部と入り口とを行き来することに、声も殺さず喘いでいれば、歩武が少々怪訝《けげん》な様子を見せた。

「ずいぶん、固いな」

耳に飛び込んできた言葉に、京弥の身体が小さく跳ねる。

「もしかして……俺が最後か？」

正直にいうべきだろうかと迷いを覚えたが、これまで一途に想っていただなんて、自分らしくないと思われるに違いない。事実、歩武の声はひどく訝しんでいて、それが京弥のプライドを刺激した。

彼と知り合う前、京弥が一夜を楽しむ大人の恋を好んでいたことを、歩武は知っている。そして散々年下をバカにし、それを理由に歩武をなじったこともある自分が、その年下の彼を想って他の男に身体も許せなかっただなんて、とても素直にはいえない。

「……まさか」

見栄をはって鼻をフンと鳴らせば、歩武の指が、まるで嫉妬したかのようにぴくりと動いて、内壁に爪を立てる。その刺激に京弥が短く喘ぐと、低い声音が呟く。

「………だよな」

そして腹立たしげに指を増やされて、まだ窮屈なそこを強引にこじ開けてきた。

「あんたが、二年間もひとりなわけねーよな」

嘲笑する歩武に、心臓がびくりと竦む。バカにしたように笑われたことへのショックではない、二年間ひとりでなかったことを、肯定されたのが京弥にはショックだった。

（あ……当たり前……だよな、俺がひとりだったなんて……思うわけ、ない、よな）

歩武の目に映る自分という人間を、思い知らされたような気がして胸が痛む。

先ほどまでの甘美な気分が、ほんの少し萎《な》えた気がした。

だが、そう思われても仕方ない過去が自分にはあると、京弥は自身に納得をさせながら、さらに言葉を紡ぐ。

「俺が、二年間も誰とも付き合わないだなんて……そんなこと」

だから、こんなところが自分のいけないところなのだと気づきながらも、吐き捨てるように告げようとすると、断りもなく三本目の指を捻《ね》じ込まれて言葉が止まった。

「くっ……っ」

急に増やされた指が痛くて歯を食いしばれば、歩武はさらに苦痛を与えたいとでもいうように指の根元までを深く入れる。

「京弥がひとりだったなんて、思ってねーよ」

歩武の声は、どこか悔しげに聞こえた。それをちょっぴり嬉しいと感じたが、喜んでいられたのは束の間で、歩武は指を一気に引き抜くと、まだ大してほぐれてもない秘処へ熱いものを押し当てる。

（なっ……嘘、だろう？）

そこに宛がわれたのは、まぎれもない怒張した雄だ。

指ですらまだ痛いというのに、彼の太いものが簡単に受け入れられるはずがない。

「ちょっ……待てっ、早すぎだろうっ!?」

なにを考えているんだ！　と起こそうとした身体は、背中を押さえつけられるようにして深く沈んだ。

「あんた、俺と初めて会ったときも、ずいぶん遊んでたみたいだしな」

だから、身体は慣れてるだろう？　といいたげに揶揄してきたが、京弥にとっては冗談事では済まない。こっちは二年もご無沙汰だ！　と、ここにきて弱気が顔を覗かせて思わず声をあげようとした。しかし、恐怖に急き立てられた声は一瞬遅くて、歩武の太い幹が菊座を押し広げる。

「ぐっ……！」

痛いという言葉すらこぼせないほど、声が喉につまって出てこない。そんな京弥に代わって、歩武が苦痛を訴えた。

「きつ……っ」

舌打ちでもしそうな声で呻《うめ》きながらも、進入をやめない。

（くそ……っ、くそっ、やっぱり、つらいじゃないか！）

歩武を好きじゃなかったら絶対に許せないというほどの苦痛に耐えながら、呼吸を大きく繰り返すことでなんとか屹立《きつりつ》したそれを飲み込んでいく。

全身から汗を噴き出しながら、男を半分ほど受け入れたところで歩武が苦しげに訊ねてきた。

「京弥、あんた、本当に最後はいつだよっ？」

指を入れた時点で窮屈なことはわかっていただろうに、それでも無理を押して入ってきた彼は、先ほどと同じ質問を投げかけてくる。

「まさか、本当に二年ぶりだとか、いわないだろうな？」

疑いを向けながらも、どこか喜色を抑え切れない様子でいる歩武の言葉に、頷きたい気持ちはあった。けれど、今度は、ひとり身を強がっていったのだと知られたくないプライドが、京弥の首を縦に振らせない。

「ち、がうって……いってる、だろうっ」

体内に突き刺さる太い雄に苦しげな喘ぎをこぼしつつ、生理的に浮いてくる涙を瞳に溜めながら強い口調で返す。すると歩武は舌を小さく打ち、押し進めていたペニスを体内から抜いてしまう。

「歩武……？」

それまでの尻を高く突き出した格好をひっくり返されて、顔を見合わせるように対峙《たいじ》させられる。遮るものもなく正面から見られて、京弥は咄嗟《とっさ》に腕で顔を覆い隠した。

（バカがっ、なんで突然体位を変えるんだ！）

情けない表情をしているだろう自分の顔なんて見られたくない。そんな可愛げなんて自分には似合わないと、一層顔を隠してしまう京弥の態度をどうとったのか、歩武はそれまでの腹立たしさを含んだ言葉とは違う穏やかな声音を発する。

「まったく……本当に、あんたは変わんねーな」

仕方ないといいたげな声が優しかった。その中には、喜びも浮かんでいるように感じられた。ひとり身ではないという虚栄に気づいて、喜んでいるような声色だ。

そんな歩武の声を聞いて、京弥もまた虚栄だと気づかれたと悟った。だから余計に恥ずかしくなって、耳までその熱を感じていれば、顔を隠した白い腕に口づけが落とされる。

「顔、見せてくれよ」

いつだってなだめ役は、年下である歩武の方だ。

意固地になって可愛げのない自分に余裕で対処する歩武に、京弥はさらに頑なになってしまう。だが、それさえもわかっているといいたげに甘やかすように抱いて、根気よくなだめてくれていた。

ときには頑固になりすぎて、引き返せないくらいのケンカもしたけれど、それでも歩武はいつだって腕を広げて待っていてくれたものだ。要は自分次第だということくらい、京弥もよくわかっている。だからこそ今だって、優しい表情で見下ろし髪を梳いてくる歩武に、居たたまれない気分になってしまう。

「いいさ、あんたはそのままでいろよ、俺がたっぷり蕩けさせてやるから」

そういって、まるで仕切り直しのように丁寧な愛撫から始めてくれる。

一度挿入した雄を放置させられるのはつらいだろうに、それでも京弥の身体を隈《くま》なく愛してくれた。

敏感な部分も、指の一本一本までも、キスでほぐしてくれる。

つい今しがた、強引に押し開いたアナルも指でゆっくりと広げられた。

「一度、イっとけよ」

先ほどから過敏に反応を示す花芯に手を宛がわれて、口に含まれる。

「ああっ、歩武っ」

下肢に埋まる男の髪に手を差し入れ、いやいやをするように首を振った。

けれど首を振ったって髪を引っぱったってやめてくれるはずもなくて、温かい舌に包まれる。

久しぶりの口淫は、手で慰める自慰なんかとは比べものにならない。脳髄が溶け出しそうなほどの快感に、京弥は嬌声《きょうせい》をあげた。

「やめ……イくっ、もうっ」

それでなくても、焦らされるような愛撫を贈られ続けたのだ。もう充分に身体は蕩けていて、歩武自身を入れても今度はきっとつらくない。

「いやだっ……もういいっ、挿れ、ろっ」

早く、すぐにも彼のものが欲しかった。口で達するのもたまらなくいいけれど、歩武のいう通り、一番強烈な快楽は互いが繋がった状態で達することだ。

太いものに貫かれ、強い腕に抱き締められたい。久しぶりに彼自身を感じたいという欲求を訴えると、顔を上げた歩武は口元を拭いながら獣じみた笑みを浮かべる。

「ああ……俺も、我慢できそうにない。このままじゃ、なにもしないままイっちまう」

そんな勿体無《もったいな》いことはしたくないといいたげに囁きながら、京弥の秘処へと男根を宛がう。

「挿れるぜ」

先ほどとは違い、断ってくれてからゆっくりと腰を入れてくる。

ずくりと疼く菊門が、大きな亀頭を飲み込む。

「はぁっ……歩武……っ」

強烈な眩暈《めまい》にも似た陶酔を覚えて唇を喘がせれば、歩武もまた熱い呼気を吐き出しながら奥へと入り込む。

根元まですっかり埋まると、形をなじませるように動きを止める。

「京弥……すげぇ……いい」

快楽を浮かべた淫らな吐息を交えて囁く歩武に、京弥は身震いした。

慣らされた身体は、痛みよりも快楽の方が強い。それでも歩武はじれったいほど緩慢な動作で突いてくる。気遣われていることが京弥にはよくわかった。

彼はいつだって、京弥の気持ちを優先させてくれる。

今だってきっと、苦痛を与えないようにと自身の欲望を理性で抑え込んでいるに違いない。焦れったいくらいゆるやかな動きに、京弥は火傷しそうなほどの熱を身体に感じた。

「歩武……いいから、動け」

律動を促すと、端整な面に苦笑が浮かぶ。

「あんたがここで手綱を離したら、俺はもう止まらないぜ?」

優しくなんてできない。暗にそういわれているようで少し恐いようにも感じられたが、歩武に欲されることはやはり胸が震える。

彼を今でもこんなに好きだと実感しながら、京弥は再度促した。

「……いい。動け」

傲慢《ごうまん》にもとれる口調で頷くと、許しを得た歩武の瞳がそれまでの穏やかさを失くしてぎらつく。

「後悔するなよ……京弥」

それが最終確認とでもいうように発してから、歩武はこれまで抑え込んでいた欲望を解き放った。

重量を感じさせる男根で、体内の深いところを突かれる。

「んっ」

京弥が眉根を寄せて呻くと、そこから先の行為に労わりはあまり感じられない。快楽を与えるというよりは、己の欲望を満たすための律動にさえ感じた。我慢させられた分をぶつけるように腰を打ちつける歩武のセックスは、まさしく獣そのものだ。

「京弥……京弥……」

何度も名前を呼びながら、噛みつくようなキスを京弥の白い肌に落とす。

「い……た、バカ……あゆ……む、あっ……んっ」

充分にほぐされたとはいえ、硬い杭に穿たれることは気持ちいいばかりではない。強く突き入れられて、がむしゃらに求められれば苦痛だって感じる。さらには皮膚を傷つけんばかりのキスを寄越してくるから、痛みと快感の狭間《はざま》で京弥は喘ぎ続けた。

籐のソファがぎしぎしと不穏な音をたてて今にも壊れそうだ。けれど、それを気にする余裕は二人にはない。

必死に快楽を貪《むさぼ》ってくる歩武のセックスは、まるで本当に喰われているかのようだ。先ほどまでの優しい愛撫や労わりながらの挿入が嘘のように、身体は激しく揺さぶられる。これで名前を呼んでくれていなければ、犯されていると勘違いしてしまいそうなほど乱暴だった。

「あ……歩武、もう……っ……イきそっ、歩武……っ」

達する瞬間を待ちわびるように、蜜をこぼしていた花芯が限界を感じさせるから京弥は訴える。

すると、歩武の怒張したものがびくびくと体内で脈を打ち、一層大きさを増す。

「俺もっ……イきそうだ……っ」

「いいっ……もうっ……こいっ」

京弥が広い背中に強くしがみつくと、歩武は絶頂を迎えるために動きを速めた。

「あっ……あゆっ……歩武っ」

大きな波となって襲ってくる快楽に、呑み込まれまいとするかのように歩武の名前を呼び続けると、彼は遠慮もなく腰を叩きつけてくる。

腸壁が破れるのではなかろうかというほど穿ってくる男根に、もはや痛みすらも快感に感じて京弥は喘いだ。

「だめっ、歩武っ……もうっ」

「俺も……京弥……イくぜっ」

ここがもう限界という瞬間に互いの名前を呼び合いながら、二人は射精した。

「ああ――――ッ」

歩武とともに達する熱を忘れられずにいた京弥にとって、それは久しぶりに感じた快感だった。

どれだけ彼を想いながら自慰に耽《ふけ》ってみても、得られなかった充足感。

こうして抱かれ熱を与えられると、自分の心と身体がとろとろに溶ける感覚に陥《おちい》る。

（やっぱり……俺にはこいつしか……）

他の者では代わりがきかないこの恋情に、京弥はあらためて歩武とやり直したいと願う。

行為がすべて終わったら、今度こそすべて話そうと、時間も置かずに再び穿ってくる男の背を抱いた。


ふと目を覚ますと、いつの間にか辺りが明るいことに気づく。

（朝……か？）

ベッド脇のサイドボードに目をやるが、リゾートを満喫するための趣向を凝らした部屋に、ビジネスホテルのような無粋《ぶすい》な時計はない。今朝は、遅く起きても仕事に影響はないから慌てなくていい。今何時だ？　と、身を起こそうとしたが、身体に回された腕が強く抱いてきて動けなかった。

「歩武？」

「アラームならちゃんとセットしてある」

背後から抱いてくる男の名前を呼ぶと、昨晩散々いいように穿ってきた男が答えて、身体の隙間を埋めるようにぴたりと寄る。

「今日は昼からでいいんだろう?」

「あ、ああ」

「だったら、まだだいぶ早い。もう少し寝てろよ、昨夜はずいぶん無理させちまったからな」

いつベッドに移動したのかも曖昧で、いつ眠ったのかもわからない。すると、足りない記憶を補うように歩武が教えてくれる。

「京弥、途中で気ぃ失ったの覚えてるか?」

「え……あ、いや……」

だから眠った覚えがないのだろう。思い出そうと記憶を探っても、歩武の顔しか浮かんでこない。

「やってる最中に気ぃ失うもんだから、何度となく意識とり戻させたけど……。あんた、すぐ落ちちまうんだもんな。仕方ないから、最後は喘ぎもしないあんたの中でイったよ」

「なっ、なにをいって……っ」

苦笑を交えながら教え聞かせてくるそれに、京弥は言葉が続かなかった。

意識を失くした自分を揺さぶり続ける歩武が想像できて、頬が紅潮する。

（な、なんてことをいうんだっ！　そんなことは教えなくていいっ！）

セックスの最中に気を失うなんて、どれだけ感じていたんだ自分は……と、羞恥心が煽られた。あまりに恥ずかしくてなにもいえずにいると、そんなこちらの性格は理解しているとでもいいたげに、逞しい腕が抱いてくる。

「止められなくて、ごめんな」

まるで年下をなだめるようなやわらかい口調に、京弥は恥ずかしいやら情けないやらで、なんと返していいかわからずに口を開けなかった。

歩武は、いつだって京弥を優しく包んでくれる。

年下だとか年上だとか、年齢にこだわってプライドを曲げられない京弥と、一歩引いて上手に付き合ってくれた。

時にはケンカになって、お互い引き返せず物別れに終わることもあったが、そんなときですら、彼は根気よく待っていてくれたものだ。

あまり意固地になりすぎて京弥がいつまで経っても素直になれないときなどは、強引に手を伸ばして抱いてくる。身体を蕩かすように、心に作った分厚い氷壁まで溶かしてくれた。

そんな優しさと強引さを併《あわ》せ持つ彼の性格は、京弥には合っている。むしろ、彼でなければ、こんな可愛げのない自分を扱うことなんてできないとさえ思うくらい、歩武の存在は京弥にとってとても大きかった。

だからこそ、やり直せるものならやり直したいと、京弥は決意を固めて歩武の手を握る。

(ちゃんと、俺からちゃんといわないと)

今のこの、心と身体が蕩け切っているうちに言葉にしておかなければ、またいつチャンスが巡ってくるかわからない。自分の性格は自分がよくわかっている。だからこそ、このときを逃がしてはいけないのだと、京弥は歩武に指を絡めた。

節くれだった男らしい指と、大きな手。この手がまた自分のもとに帰ってきてくれることを願いながら、口を開こうとしたときだった。歩武の薬指に、薄っすらと残る日焼けの痕を京弥は見つけた。

(え……)

近くで見ないとわからないくらい薄いが、確かに指輪の痕がある。

思わず握っていた手の左右を確認してしまうほど、京弥は動揺した。左手であれば、それは懸念していた結婚指輪の可能性があるからだ。何度も目を疑い、自身を疑ったけれど、右手に絡めた彼の手が、左手であることを認識すると、京弥は激しい焦燥《しょうそう》に駆られた。

(嘘……嘘だ……なんで……だって、指輪なんてしてなかった……)

食事のときにきちんと確認している。フォークを持った彼の手にリングはなかった。今だって、指輪の痕跡はあるものの肝心の指輪はない。ただの勘違いだろうかと、気取られないように呼吸を繰り返して冷静さを呼び戻すことに努める。けれど、いくら冷静になってみても、だったらこの痕はなに？　と、疑問が後から後から湧いてくる。

誰が見ても疑いようもない、まさしく結婚指輪の痕だと、京弥は愕然とした。

（結婚……してた）

その日焼け痕は、普段から指輪を身につけているという事実を京弥に教えているようだった。

やはり、パイロットたちの噂は本当だったんだ……と、京弥は震えそうになる手をきゅっと握る。すると、背中から訝しげに名前を呼ばれた。

「京弥？」

弄《もてあそ》んでいた歩武の手を強く握ったことで、異変に気づいたのだろうか。京弥は醜態《しゅうたい》を曝《さら》したくないばかりに取り繕うように声を放った。

「……風呂、入りたい」

「ああ、じゃあ一緒に――」

一緒に入ろうといいかけた歩武の言葉を、京弥は咄嗟に遮る。

「――嫌だ。お前と一緒に入ったら、また気を失いかねない。先に入って、ついでにバスタブに湯を溜めてこい」

高飛車《たかびしゃ》なセリフだったが、気を回せる余裕なんてない。けれど、そんな京弥を疑いもせずに、歩武は肩にキスを一つ落とす。

「女王様のおっしゃるままに」

一年間の付き合いの中で慣れているのだろう、歩武がからかうように返してくるが、京弥もまたそんな歩武には慣れている。だから、今さらプライドに障ると喚《わめ》くことはない。

ただ、どんなときにも文句を返すことは忘れていなかった。だからだろう、それを知っている歩武が返ってこない文句に怪訝な顔を寄越す。

「京弥？」

ベッドから降りようとして起こした上半身を、覗き込むように傾ける。こんなとき、互いを知っているというのはやっかいだと思いながら、京弥は顔を隠すように体勢を変えることで、歩武の視線から逃げた。

「うるさい。早く行け」

追い払うようにいうと、やれやれといった雰囲気を漂わせながらも、笑みを含んだ溜息が頭上から落ちる。

「湯が溜まったら、連れていってやる」

だから、それまで無理せず待っていろといい残して、歩武はバスルームへと消えた。

パタンと扉の閉まる音がして、間もなくシャワーの音が聞こえてくる。それを確認すると、京弥はベッドに身を起こした。

身体中のあちこちがギシギシと悲鳴をあげる。倦怠《けんたい》感もひどいし、腰も痛い。足や腕も重くて、できればベッドから起き上がりたくなかったが、それでも確かめずにはおれなかった。

脱ぎ捨てられた歩武のシャツに袖を通して、歩武が脱ぎ捨てたスラックスのポケットを探るが、そこに目当てのものはない。

クローゼットに近寄って、今度はハンガーに掛けられたパイロットの制服を叩いてみたが、やはりそこに指輪らしきものはなかった。

なにかの間違いだろうか……と思ったけれど、歩武の荷物へと目をやり近づく。他人の荷物を漁ることに、ひどい罪悪感を覚える。しかし、抑え切れない嫉妬と疑念に、悪いことをしていると思いつつも京弥はそこへ手を伸ばした。

アタッシェケースを開けば、仕事に必要と思われる資料らしき紙や教材が入っている。こちらには入っていないかと諦めようとしたとき、内ポケットに触れた手に硬いものがあたって京弥はビクリと止まった。

丸みを帯びたそれを指でなぞれば、リング状になっている。心臓が竦むようにドクリと音をたてた。

証拠を確認するため荷物まで漁ったというのに、いざその証拠らしき物体に触れると途端に躊躇を覚える。

見てはいけないと心のどこかが訴える。ここで引き返せば、まだ疑いだけで済むと思った。今ならまだ証拠は得てないと思う怯えの傍らで、だったらなんのために他人のプライバシーを侵害したんだと自分を叱咤する。

（真実が知りたいなら見るべきだ！）

意を決して、内ポケットからそれを引き出すと、プラチナの輝きを放つシンプルな指輪だった。内側には小さな宝石がはめ込まれていて、横に相手のイニシャルと歩武のイニシャルが彫られている。まさしく結婚指輪だと、京弥に残酷な現実を突きつけた。

「結婚……したのか……」

表面には薄っすらと細かい傷がついていて、彼がこれを普段から身につけていることを教える。

自分と食事をするためにわざわざ外したのだと知って、嫉妬以前に、愕然とした。

やはり、婚約したという噂の相手と、ゴールインしていたのだろう。

まだ別れてから二年しか経っていないのに、それでも半年後には婚約したという噂が流れるくらいだ。もしかしたら自分が想うほど、彼は自分のことを想ってくれていなかったのだと、京弥は身体の力が一気に抜ける。

「俺だけ、か……俺だけ……あいつのことを、忘れられなかった……だな」

歩武が自分を見限って違う誰かと結婚していたかと思うと、胸が痛くて泣き喚いてもお

かしくないはずなのに、心の中にぽかりと穴が空いたようになにも感じない。よほどショックが大きいのか、ぼんやりと空を見つめた。

「そうか……俺だけだったのか……」

つい先ほどまでやり直したいと願っていた自分が、なんだかとても滑稽《こっけい》に思えてくる。悲しいのに、涙すら出なくて、むしろ自身の愚かさに笑みさえ浮かぶ。

「バカだ……自分で別れるっていったんじゃないか」

自ら彼の手を振りほどいたくせに、今さらなにを調子のいいことを考えていたんだろうと、笑い声さえこぼれた。

「本当に……バカだ」

忘れられずに引きずっていたのは自分だけで、彼はとっくに新しい恋を見つけていたのだ。

久しぶりに出会えたことに浮き足立って、身体を繋ぎ合えたことに、らしくもなく浮かれていたのかもしれない。きちんと確認もせずに、やり直したいとそればかりを考えて、目の前にあった事実を確認もしなかった。

この再会に『運命』なんて言葉でも感じていたのだろうか？

だから、誘われるままに部屋までついてきて、求められるままに抱かれた。よりを戻せるかもしれないと期待に胸をふくらませて、まるで子供のように緊張した。

「本当に……なにを、期待してたんだ……俺は」

はじめに確認しておくべきだったと、今になって抱かれたことへの後悔が生まれる。

心と身体は、今でも確かに歩武を欲している。けれど、他人のものになった男を求めるべきではないと、京弥は思っている。

歩武と出会う前なら、『一夜の恋くらい』と平気でいられたかもしれない。だが、彼との恋愛を知ってからというもの、遊びでも他人のものに手をつける愚行を犯してはならないという思いに気づいた。

（あんな思いは、誰にもさせてはいけない）

これまでずっと目をそむけてきた自身の家庭環境を、京弥は思い出したからだ。

京弥の父と母は、京弥が多感期のころに離婚している。父の浮気が原因だったが、最悪だったのは、父の浮気相手が母の親友だったということだ。

父と母は、なにも嫌い合っていたわけではない。ただちょっと、父が他へ目をやってしまったのが原因だと聞いているけれど、いかんせん相手が、母の信頼していた友人だということが悪い。いくら信頼したって裏切られるんだと、京弥はそのとき思い知った。

そこから家庭が崩壊するのはとても早くて、取り返しのつかないことになっていった。

母は毎日のように父をなじり、そのたびに父は母から遠ざかっていった。幸せが壊れるのなんてあっという間だと知り、人を信じることの虚《むな》しさを覚えて、人のものを横取りする人間に嫌悪を覚えた。

だからこそ今、歩武の結婚にショックを受けながらも、指輪の相手に対する贖罪《しょくざい》の念を京弥は覚える。

知らなかったこととはいえ、なんてことをしてしまったんだと、後悔が湧いた。

「くそ……っ、浮気をさせるつもりなんてなかった！」

歩武の浮気を知ったら、指輪の相手もさぞかしショックだろう。もし自分だったら、きっと耐えられない。知られなきゃいいというものではないと考えて、これが彼にとっては浮気なのだということにあらためて気づく。

「そうか……そうだ……浮気なんだ……」

浮気相手が自分だということに、京弥はまた愕然とした。

忌まわしい愛人と、自分は同じことをしてしまったんだと苦痛すら覚える。

「あの女と同じことをしてるなんて……っ！」

自分がひどく汚いものに感じられて、嫌悪感さえ湧いてくる。歩武に抱かれて喜んだ身体も記憶も、すべて洗い流してしまいたいと思ったとき、バスルームの扉が開く音にハッとした。

京弥は慌てて指輪を戻すと、アタッシェケースを閉じ、急いで立ち上がる。

洗面所と部屋を繋ぐ扉がさらに開かれたときには、なんとかテーブルの上のワインボトルを手にすることができた。

「京弥、湯が溜まった……って、ああ、そっちにいたのか」

姿が見えなくて心配してくれる声を、今は素直に喜ぶことはできない。

「なに？　ワインか？　ほら、貸せよ。開けてやるから」

コルクを抜くこともせず持つことが精一杯だった京弥の手から、ボトルがやんわりと奪われる。

「疲れてるだろうし、風呂に入る前だから少しだけな？」

体調を気遣ってくる歩武の優しい言葉を耳にするたび、胸がつきりと痛む。

先ほどはなにも感じなかった心が、歩武の存在をそこに感じた途端に、感情が溢れ出してくるようだった。

彼の声を聞いていて、このまま平常心でいられる余裕は、今の京弥にはなかった。

せっかくコルクを抜いてくれたというのに、一口もワインを含まずにバスルームへと向かう。

「風呂……入ってくる」

「京弥？　ワイン飲むんじゃないのか？」

そんな様子を訝しがる声が、当然のように背中へ向けられた。なにかおかしいと気づいたかもしれない。いや、気づいたのだろう。ワインボトルをテーブルに戻すと、歩武があとを追ってきて京弥の細い肩を摑む。

「どうしたんだ？　突然？　なにか、気に障ることでもしたか？」

訊ねてくるけれど、振り向くことはできなかった。

「いや……まだ、疲れてるらしい」

どういえば上手く誤魔化せるのかわからないまま呟いて、だからゆっくり湯に浸かりたいとつけ足す。

しかし、疑いを持った歩武がそう簡単には逃がしてくれないのも知っている。ここで逃がせば本心を聞き出せないとでも思っているのだろう。こんなときばかり、扱いを心得ている男が疎《うと》ましく感じてならない。

「だったら俺も一緒に入ってやる。あんた、このままバスタブで寝ちまいそうだしな」

袖を通しただけのシャツを脱がそうとしてくるから、京弥は思わずそれを振り払った。

「うるさい！　ひとりで入りたいといってるだろう！」

そういって、逃げるようにバスルームへと飛び込んだ。

今は、これ以上に上手い言葉が出てこない。できることなら追ってこないでくれと、強く願った京弥の思いが通じたのか、歩武は扉の外から一言声をかけてくるだけに止めてくれた。

「二十分経っても出てこなかったら、そのときは様子見に入るからな」

たった二十分……と思ったが、情に厚く意外にも心配性の男がそれ以上の時間を許すはずがないと、京弥も知っているからそこは素直に頷いておいた。

「……わかった」

それまでに、なんとしても気持ちの整理をつけておきたいと、冷えた身体に湯を注ぐ。身体が温まってくると、緊張に固まった心からも力が抜ける気がした。

（結婚……か……）

薬指にはめられていた痕跡は確認した。指輪の存在も確認した。その上で、今回の情交が浮気だという現実も認識した。そして、浮気相手が自分だということもきちんと理解して、京弥は溜息をこぼす。

何度後悔しても、しきれない。いくら歩武が忘れられないとはいえ、知っていたらきっと誘いなんて乗らなかった。きっと、浮気なんてさせなかった。気づかなかったという言い訳はできない。その疑いがあったのに、訊かなかった自分が悪い。

馬鹿なことをしたと、さらに後悔しながら身体を清めていく。薄い皮膚の傷つきやすい肌を強めにこするけれど、身体に残る無数のキスマークまでは消えない。いまだにはっきりと残る歩武の感触も消えないし、香料の強いボディソープの香りを嗅《か》いでも、歩武の匂いは消えてなくならない。

（なんで消えないんだ！）

苛立たしげに肌をこすったが、いくら身を清めても、記憶が消えてなくなるわけはない。いくら後悔したところで、歩武への想いが消えてなくなるわけもなければ、彼に抱かれた身体が覚えた歓喜も消えはしなかった。

こんな自分を汚いと感じながらも、泡を綺麗《きれい》に洗い流すと、湯の張られたバスタブに身を沈めて長く吐息した。

知ってしまった現実は悲しいし、泣き喚きたい気持ちもある。しかし、いくら泣き叫んだところで、なにも変わりはしない。歩武が結婚してしまったのは少なからず自業自得で、そして浮気をさせてしまったことも、自業自得だ。

終わったことだと気持ちを切り替えようとするが、感情はそう簡単に切り替わってくれない。

結婚していると知ったら、本当に自分は彼と身体を繋がなかっただろうか？

そんな疑問が湧いてきて、京弥に切ない想いを抱かせる。

食事なら、きっとなにも考えずに素直に受けた。その後、部屋で飲み直そうと誘われたら、果たして自分はどうしただろう？　と考えて、浮かんだ思考に京弥は自ら嫌悪する。

（きっと……断れなかった……）

断れなかったか、断ろうとしなかったか、自分のことでもわからない。けれど、求められたら、拒み切れなかっただろうと、そんな自分の気持ちだけはよくわかるから、京弥は自身の汚さを知る。

（他人のものを奪うつもりなんて……）

彼がいつ結婚したのか知らないが、子供だっていたっておかしくない。自分と同じ思いだけは決してさせたくない。一夜の恋ならいざ知らず、これからも続けていこうだなんてもっての外《ほか》だ。

人の家庭を乱す気はない。浮気なんてとんでもない！　と、何度も何度も自身を戒《いまし》める。なのに、いくら信条に反するといい聞かせても、歩武を求める心は去っていかない。

彼には家庭があると知った今でも、よりを戻したいと望む気持ちが止められないのがわかる。結婚していると知っただけで冷めてもよさそうなのに、冷めない。むしろ、嫉妬を覚え、さらにあがこうとしている自分がわかる。そんな、歩武に対する貪欲さを、京弥は恥じた。

（ダメだ……っ、絶対にダメだっ！　こんなのは間違ってる！）

これは、間違った感情だと思う。人の幸せを踏みにじる、最低な感情だ。だから、壊す気なんて絶対にないんだ、と思っているのに、歩武への想いが止まってくれない。

そんな自分の感情が恐くて、京弥は唇を噛む。そして、突きつけられたこの現実が、自分たちにとっては本当の決別になるものだと気づいて、京弥は鼻の奥がツンと痛んだ。

（もう……俺のもとに帰ってくることはないんだな……）

別れてすぐに連絡をとることができていたら、自分たちは恋人に戻っていただろうか？　そうしたら、歩武は結婚することもなく、自分のそばにいてくれたのだろうか？　と、いくら考えたところで最早《もはや》遅いと、京弥はここにきて浮いてくる涙を止めることができなかった。

どれだけ悲しんで、後悔しても足りることはない。

止めどなく涙がこぼれ落ちてくるけれど、実感は後になってから深くやってくるはずだ。たとえば、バスルームを出て歩武の顔を見たとき。たとえば、彼がこの身体に手を伸ばしてきたとき。きっと、今よりももっとつらいことだろう。

だがここで、悲しいと、つらいと訴えていいとは思っていない。歩武を今でも好きだというなら、結婚を祝ってやれないまでも、未練を残す真似はしてはいけないはずだ。

正直にいえば、このまま『さようなら』はしたくない。しかし、浮気相手であろう自分が彼の周りにいていいとは思っていないのも、京弥にとっては本音だ。

（ちゃんと、相手のもとへ帰してやらないと）

泣いたことを歩武に悟られてはいけないと、京弥はこぼれる涙を隠すように水で顔を洗う。

なによりも、この事態を自分の中できちんと整理するのが先決だと、美貌に浮いた水滴を拭って視線を上げる。

歩武がどういうつもりでいるかはわからないけれど、京弥はそれを訊ねるつもりはない。結婚していたという事実だけで、充分にショックを受け、傷ついたからだ。この上『遊びだろう?』などといわれたら、それこそみっともなく泣き喚いてしまう。ここは、自分がどれだけ綺麗に身を引けるかにかかっているように思えた。

絶対に、泣いたり恨みごとを連ねたりしてはいけない。まして、みっともなくすがることなどあってはならない。それは、歩武の結婚相手への配慮というよりも、自身のプライドの問題だ。

歩武からいわせると『無駄に高い』らしいプライドでも、京弥にとっては自らを護《まも》る大事な盾だ。その防壁を崩しては、それこそ後に深い後悔を覚えるに決まっている。

(とにかく、落ち着こう)

京弥の仕事場があるホテルに泊まっている歩武とは、彼が滞在している間は顔を合わすこともあるだろう。だが、冷静に対処すればきっとこの一夜限りの関係は終わる。

それはひどく悲しいことだし、今でも好きだというこの想いを伝えたい気持ちもあるけれど、今の彼には不必要な想いでしかないはずだ。

幸いにも、夕方前には同僚もやってくる。どうしても必要とあれば、この同僚に協力してもらえないだろうかとも考える。

半年前に京弥のグループに入ってきた藤原《ふじわら》千里《ちさと》という男は、二十八歳とまだ年齢は若いが、仕事に対する姿勢は真摯で他の目を引く。そして彼が、自分に対して好意を寄せてきていることは京弥も知っている。本人からも、性的な意味を含んだ誘いを何度か受けていた。

『京弥さん、たまには朝まで一緒に飲みませんか?』

笑うと少し幼さを感じさせる男で、見た目は悪くない。長身で身のこなしもスマートだし、会話も多彩で驕《おご》らないところが、京弥も好ましく感じている。たまに誘いがオープンすぎて戸惑ったり、呆れたりすることもあるけれど、それが千里という男なのだと今では納得している。

だからといって、彼には同僚以上の想いはない。それはなにも、苦手な年下だから……ということが理由ではない。心には常に歩武がいて、他の男に一切興味が持てなかったからだ。

今だって興味を持っているわけではないが、歩武との関係を断つのに必要とあれば、それらしく振る舞うのも有りだろうかと考える。

(千里なら、歩武と比べてもさほど見劣りはしないはずだ)

どんな男と比べたって、歩武は群を抜いている。顔も身体も、仕草も会話も家柄も、彼が身にまとう気力さえも、どれをとっても並大抵の男では敵《かな》わないだろう。その上に優しいだなんて知ったら、普通は別れたいなんていうはずがない。なのに、なぜ別れようなどといってしまったのだろうと、また歩武への想いで胸がいっぱいになるから、それを振り払うように京弥は首を振った。

とにかく、今夜のことは自分も遊びだったと割り切った方がいい。そうしなければ、引きずったままのこの想いを、吐き出してしまいそうだ。

歩武と出会う以前の自分のように振る舞えばいいんだと、自らいい聞かせる京弥に、バスルームの外から声がかけられる。

「京弥？」

突然声をかけられて驚き、身体を震わせる。ちゃぽんと水が跳ねる音を聞いたのだろうか、断りもなくドアが開けられた。

「ちゃんと起きてるか？」

歩武が心配そうに窺うから、京弥は一度だけ切なく瞳を眇めると、その想いを断ち切るように吐息をこぼす。

「起きてる。もう少し温まったら出るから、飲み物を用意しておいてくれ」

そういってバスタブに頭を預けて瞳を閉じるが、歩武からの返事は返ってこない。訝しんで入り口へと目をやり、問いかける。

「なんだ？」

すると、歩武はまるで探るような視線を向けてきて、躊躇いがちに口を開く。

「なぁ……もしかして、後悔してるとかいわねーよな?」

なぜそんなにも敏《さと》いんだと、たまに恨みたくなるほど、歩武は京弥が触れて欲しくない真理に触れてくる。

動揺が隠せなくて、湯がまたちゃぽんと揺れた。だがすぐに気を取り直すと、素っ気ないくらい冷めた表情を向ける。

「後悔……ああ、少し後悔している。二年も経ってるんだ、昔のようにはいかないだろう? お互いに、事情もあるだろうし……」

すべてをぶちまけられたら、どれだけ心は軽くなるだろう。

(今でも好きだっていえたら、どんなにいいか……)

京弥は今にも口をついて出そうになる言葉を飲み込むと、再び瞳を閉じる。

胸を刺す痛みに眉間を寄せれば、「事情……ね」と呟いた歩武が、嘲《あざけ》るように鼻を鳴らした。


「七瀬《ななせ》さん」

予定していた便でやってきた千里は、精悍なというよりは、少しばかり幼さを感じさせる人懐こい笑みを浮かべて近寄ってくる。

「定刻通りだなんて珍しいな」

大概飛行機なんて遅れが出るものだと思い、待ち合わせの空港で時間を潰せるようにと本を持ち込んだが、無駄になったと京弥は笑う。すると、千里はあっけらかんといってのける。

「ええ、助かりました。おかげで、七瀬さんとの時間を無駄にせずに済みましたからね」

きちんと時と場所を選んでいうところは偉いと誉《ほ》めてやるが、あからさますぎると口説き文句も呆れしか覚えない。

「お前はまた、そういうことを……まぁ、いい。とりあえず、荷物をホテルに置いたら、レストランの責任者に挨拶だ」

若い同僚の指導に当たるのは、先輩としての務めだ。

「そうですね。では、挨拶が終わったら、予定通り市内の飲食店を確認しに行きましょう」

すでに大方の飲食店での調査は終わっている。一日の平均客層や海外からの観光客が好む食事や好むスタイルの調べはついている。

あとは自分たちの目で確かめて、どのような趣向の料理にするか、他店と比較する。見たり食べたりした感想や感触などから作成した資料を持ち帰り、本社に戻ってシェフやデザイナーなどを決めていく。

大まかに和食といっても、食文化の違う様々な人種を相手にするレストランだ。大きな創作が必要となることは予測済みで、すでに提案はいくつか出されている。

二人が宿泊先に着いて荷物を下ろすと、貴重品といくつかの資料を持って責任者への挨拶に向かう。

昨日のうちに挨拶を終えた京弥がホテルのマネージャーに千里を紹介すると、彼らは互いに握手をして、二言、三言、言葉を交わす。京弥もまた簡単なやりとりをするが、痛いほど突き刺さる視線を感じて瞳を向けた。するとそこに歩武の姿を見つけて、ドキリと鼓動が跳ね上がる。

ロビーで挨拶を交わす自分たちの様子を食い入るように見つめてくる彼は、どこか不機嫌そうにも見えた。

腕を組み、大理石の支柱に寄りかかるようにしてこちらを窺う歩武に、身体が震えそうになる。今朝の、別れ際の態度を責められている気分だ。

今夜の予定を訊ねてきた歩武を、京弥はできるだけ冷たくあしらった。

『同僚がくるから無理だ。俺は、遊びできているんじゃない』

よくそんな口が叩けたものだと自分でも感心したが、歩武はそれが気に入らない様子で口づけを求めてこようとした。たぶん、キスで懐柔《かいじゅう》しようとでも思ったのだろう。付き合っているときに、何度か同じ手を使われたことがあるからすぐに気づいた。だから京弥は、歩武の端整な顔を咄嗟にさけて、黒い瞳をきつくつり上げて告げたのだ。

『昔とは違うといっただろう』

そのままそそくさと逃げるように彼の部屋をあとにした。京弥にしてみれば、精一杯の虚勢を張ったつもりだ。これ以上、そんな強い視線でこちらを見ないでくれと瞳を伏せれば、マネージャーとの挨拶を終えた千里が声をかけてくる。

「七瀬さん？」

笑わないと人懐こさの抜ける男前な顔が、覗き込むようにして見てくるからハッとした。

「あ……すまない。ああ、じゃあ、出ようか」

京弥が慌てて縒い踵《きびす》を返そうとするが、しかし、それよりも早くに声をかけられる。

「京弥」

まさか同僚と一緒のときに声をかけてくると思っていなかったから、驚いた表情で顔を上げると、歩武が小さく笑う。

「なに、驚いてるんだよ」

口元ばかり笑みを作る歩武の手が、京弥の黒髪を梳いてくる。まるで愛おしむようなその仕草に、京弥はまたも驚きを隠せなかった。

職場の人間がいる前で、なんてことをするんだと思いつつも驚きのあまり振り払えずにいると、傍らの千里が複雑そうに声を発する。

「七瀬さん……お知り合いですか？」

その声にまたもハッとして、歩武の手を軽く払いながら千里へと視線やった。

「あ、ああ……あの……友人、だ。昨日、偶然空港で会って……」

まさかこんな言い訳をさせられるとは思ってなかったから、らしくもなくしどろもどろで答える。すると、それが千里にも不審に映ったのだろう、彼の表情にありありと怪訝な思いが浮かんだ。

「ご友人ですか？」

疑わしいといわんばかりの口調を歩武に向ける千里は、厭味《いやみ》でしかない好戦的な言葉を放つ。

「七瀬さんとは、ずいぶんとタイプの違うご友人に見受けられますが？」

歩武のラフなシャツとハーフパンツに身を包んだ姿を、千里は不躾《ぶしつけ》な様子で眺める。

若さゆえかもしれないが、千里は物怖じせず思ったことを言葉にするきらいがある。直情的な性格のことは知っていたけれど、まさかこんなときにそれが発揮されるとは思ってもなかった。しかし、そんな千里を、歩武はおもしろそうに喉の奥でくつくつと笑う。それがいかにも馬鹿にしているといった雰囲気で、この場の誰よりも京弥が冷や汗をかいた。

「歩武っ」

諌《いさ》めるように名前を呼ぶが、彼はおもしろがった様子を隠さない。

「あんたの同僚なだけはある」

揶揄する歩武に言葉の意味を問いたい気持ちはあったけれど、この場を治めることが先決だ。

「今は仕事中だ、用事があるなら後にしろ」

いくぞ。と千里に声をかけ、今度こそ踵を返した京弥だったが、腕が強い力にとられてたたらを踏む。倒れそうになる身体をぐっと踏みとどまり、腕を引いた男を見上げれば、視界に映る歩武の表情はどこか機嫌が悪そうだった。

「京弥、今夜の飯は？」

「今夜は千里……同僚が一緒だから無理だといった——って、歩武、痛い」

なにがそんなにも気に入らないのか、歩武の握力が途端に強くなるから、京弥は抗議の声をあげた。すると、それに気づきながらも力をゆるめない歩武に、もう一度声をかけようとしたところへ千里の声が割って入る。

「いいじゃないですか、七瀬さん。彼がお嫌でなければ、俺は一緒でも構いませんよ」

その言葉に京弥は困り顔をして見せたけれど、歩武は肉厚の唇を片側だけつり上げるとそれに返した。

「それはどうも。では、ぜひともご一緒させていただこうか」

そうして、ようやく手の力をゆるめるから、京弥は摑まれていたそこを軽くさすりながら歩武に視線をやる。

(いったい、なにを怒っているんだ?)

歩武の表情には笑みが浮かんでいるが、不機嫌だということくらい京弥にだってわかる。

食事を断ったことが、そんなにも気に入らなかったのだろうかと思ったが、それを訊ねるような無粋はしない。

歩武がなにを考えていたって、彼はもう自分の恋人じゃない。裏に隠された言葉など知る必要はないと、京弥は歩武から視線を外すと、千里を促す。

「行くぞ、千里」

時間の約束をしないままでホテルを出ようとすれば、背後から声をかけられた。

「京弥」

声に引かれるようにして振り返れば、今度こそ本当に笑った歩武が軽く手を上げて見送ってくれる。

「いってらっしゃい」

同じ部屋に住んでいたとき、よくそういって送り出してくれた彼の姿が思い出される。

二年ぶりに聞いたその挨拶に、京弥は胸のつまる思いがした。今となっては、恋人に戻れることを願った日々すら懐かしく感じられる。

「……いってくる」

小さく頷いて、答えるのが精一杯だった。

街中に出て千里と仕事をこなす間も、歩武の声や姿が脳裏を離れてくれない。

恋人に戻るという願いは無理だけれど、せめて食事をする友人としてなら……と、歩武とこのまま別れたくないという切ない思いが、京弥の意思を弱くする。セックス抜きの友人ならば、これから先も付き合っていったっておかしいことではない。そう考えて、京弥は自身を叱咤した。

（バカなことを……食事だけの関係？　絶対に無理だ……求められたら、俺はきっと断れない）

いや、断らない。と、歩武への想いを捨てられない己を嫌悪する。

彼の幸せを考えるならば、浮気なんてさせるべきではない。それを当然と思う反面で、自分の気持ちさえしっかりしていれば、食事くらいは友人ならば普通だ……と、頭の中で繰り返してしまう。

そんな様子を隣で千里が窺っていたことなど、京弥は気づかなかった。


仕事を終えてホテルに戻ったのは、夕食時を大幅に過ぎた遅い時間だった。

さすがに歩武も待っていないだろうと思いつつも、一言詫びるためにホテルに戻ってくると、ロビーのソファで寛ぐ男の姿を見つけて、京弥の鼓動は高鳴った。

ゆるく癖のある髪を顔に垂らした男前は、憂《うれ》えるように視線を伏せている。

歩武のそんな表情は、付き合っていたころですらそう滅多に見かけたことはない。

なにか深く考え込んでいるのか、こちらに気づきもしない彼に、京弥は隣に千里がいるのも忘れて見惚れた。

(魅力的な男だな、あいかわらず)

歩武はどこをとっても魅力的な男で、自分にとっては特別な存在だと、京弥は切ない想いで見つめた。結婚したと知ってさえも、未練を引きずるくらい彼を強く想ってしまう。

忘れられるわけがないと、自身の中でいまだ衰《おとろ》えない情熱を、京弥は戒めた。

(こんな想いは、歩武を不幸にするだけだ)

なんの気まぐれかは知らないが、手を伸ばしてきた歩武と、それを受け入れた自分。互いがフリーだというならば、自分も喜んで歩武と食事の約束をしたことだろう。だが、他に相手がいるならば話は違う。これ以上の深入りは誰にとっても報われない。それはきっと、歩武もわかっているはずだ。

それなのに、大切な相手との証をわざわざ外してまで浮気をする歩武を、やはり少し変わったか……と、京弥は形の良い柳眉《りゅうび》を弱く寄せる。

以前の彼からは、浮気なんて想像もできない。そんなものを疑う余地もないほど愛されていたという自覚があったからだ。

それほど彼からの愛情が深いものだと実感しておきながら、たかが転勤でケンカをし、別れてしまった自分は本当に愚かでしかない。

もう恋人をとり戻すことができなくなってしまった愚かさを実感しつつ、京弥はソファに近づいていき声をかけた。

「歩武」

名前を呼ぶと、ハッとした様子で顔を上げる。

「おかえり、京弥」

立ち上がった拍子に、そのまま抱き締めてきそうな男の嬉しそうな笑みに、京弥は苦笑しつつ「ただいま」と返す。

本当に懐かしい……。彼とのやりとりは、京弥の胸を熱くし、そして切なくさせた。

「遅くなって悪かったな」

連絡もせず遅くなったことを詫びるが、歩武はそれになんてことないという微笑を浮かべて首を横に振る。

「いいさ、あんたが戻ってきてさえくれれば」

歩武のセリフに、鼓動がドキリと胸を叩く。

まるで、自分たちの関係を匂わされている気がして、いけないと思いつつも甘い疼きを感じずにはいられない。

(戻れるものなら、戻りたいさ)

言葉にして伝えられない想いを代弁するように、瞳にいらぬ熱がこもってしまいそうで視線をそらす。そして、できるだけ素っ気ない口調で訊ねた。

「食事、どこか出るか?」

選択権を歩武にゆだねると、彼は「いや」と首を振る。

「時間もったいねーから、ホテルの中でいい」

その言葉にもまた、昨晩と同じ行為を匂わされているように感じたのは、自意識過剰だろうか。そう思いつつも、甘く震えてしまいそうな身体を戒めるように、京弥は軽く唇を噛んだ。

歩武の言動一つに心が揺さぶられてならない。そんな京弥の心情を知っていて、彼もまた揺さぶりをかけてきているように感じられてならなかった。歩武がなぜそんなことをするのか、理解できない。知りたい気持ちはあるけれど、聞かぬ振り、気づかぬ振りで、京弥は声を発した。

「食事にしよう」

上手く表情を取り繕ろおうとして、これまで存在すら忘れていた傍らの千里の背を叩く。

「千里、お前はなにが食べたい?」

不自然にならないようにと振る舞いつつ訊ねる京弥に、千里は人懐こい笑顔を返す。

「俺は、七瀬さんが食べたいものでいいですよ」

まるで女性に対するようにいう千里に、しかし先に声をあげたのは肝心の京弥ではなかった。

「だったら、デザートの充実している店がいい。あんた、甘いもの好きだもんな」

確かに嫌いじゃない、むしろ好きだ。だが『甘いものが好き』という言葉からイメージされるのは、可愛らしいもので、そのことが妙にプライドに障るから、これまで職場では知られないようにしてきた。なのに、まさかこんなところで暴露《ばくろ》されるとは思ってもみなかった。

「別に、好きじゃない」

往生際《おうじょうぎわ》悪くいい放ち、切れ長の瞳で歩武を睨んでみせるが、暴露した本人は鼻でも鳴らしそうな不敵な笑みを浮かべる。

「好きだろう？　俺が甘いもの買って帰ると、あんた、食事よりも先に食ってたじゃねーか」

否定はできないが、なぜだろう、先ほどから彼の言葉が、恋人の主張に聞こえてならない。

（千里を牽制《けんせい》している？）

結婚していることを知らなかったら、きっと羞恥しつつも素直に嬉しいと思えたことだろう。だが、今はそんな主張や牽制も複雑でしかない。

他にもう相手がいるくせに、なぜ牽制なんてするのだろう?

歩武の言動が京弥にはわからなくて、小さく眉根を寄せた。


三人での食事は京弥にとってとても居心地が悪いものだった。歩武のせいか、千里のせいかはわからない。それでも、千里が一緒にいてくれたことはやはり助かったと思うのだから、きっと歩武に対して緊張でもしているのだろう。

「上条さんはパイロットですか」

千里がわざとらしいくらい感心した声でいうと、歩武がなぜか不愉快気味に視線を眇めたのを、京弥は見た。

「藤原さんとは、初めてお会いした気がしませんね」

歩武がいうと、千里は少々困り気味に「そうですね」と短く返す。

彼らのやりとりなど話半分でしか聞いていなかった京弥は、ただ黙々と食事に集中した。

食事の間中、歩武の相手は千里に任せていられたことは気が楽だった。

千里が歩武の職業を訊ねただけで、互いの仕事に関しての話題はそこで途切れたが、彼らは他愛無い世間話に興じている。

　会話に参加したがらなかった京弥を、歩武も無理に構おうとはしない。

　明日の昼前にはホテルをあとにするという歩武とは、食事をするのもきっと今夜が最後になるだろう。

　このままなにも約束をしなければ、すべてが終わってしまう。そう思うと、『また会いたい』という言葉が今にも口をついて出そうになるけれど、彼とセックス抜きの関係を築く自信はやはりないから、京弥は口を閉ざす。

（自信がないなら、なにもいわない方がいい）

　これまで想ってきた気持ちはすぐに断ち切ることはできないだろうけれど、ここで終わらせることができれば、いずれ彼を忘れる日がやってくる。歩武が幸せだというなら、それも悪くないと自身にいい聞かせて、京弥はそのまま千里へと視線を向けた。

　きっと、千里がいてくれるから、冷静さを失わずに済んでいるのだろう。職場の人間の前で醜態を曝したくないというプライドが、京弥に毅然《きぜん》とした態度を崩させない。それをよかったと安堵したものの、食事が終わってレストランを出た京弥は、腰に回された腕に驚きを隠せなかった。

「歩武？」

　帰ることを引き止めるようなその腕に、京弥が驚きを浮かべた美貌を向ければ、不愉快そうな歩武の表情と出くわす。

「あんたには、まだ用事がある」

「なに……」

用事といったそれが性行為を匂わせていたから、京弥は身を引いた。

「いや……同僚が一緒だから……」

逃げ腰になりながらも断りを吐くが、それを許さないといいたげな腕が、逆に強く腰へ絡んでくる。

そんな二人の様子を見てどう思ったのか、千里がまるで助け舟を出すように声をかけてくれた。

「よかったら、飲み直しませんか？」

せっかく出してくれた助け舟に、すがるように声をあげようとしたけれど、京弥が声を発する前に歩武がそれを断ってしまう。

「いや、京弥に話がある」

適当な口実だということは気づいていたし、誘われるままについていってはいけないと思ったけれど、腰に触れる歩武の手に身体が熱を覚えて仕方がない。

誘いを受けるな！　断れ！　と、何度も頭の中に繰り返す。しかし、歩武が自らの腰を押しつけるようにして、京弥の背後に重なってくるから身体が震えた。

（あ……駄目……だ）

まるで後背位からの挿入を思わせるその立ち位置と密着具合に、京弥の意思とは裏腹に、口は拒否を吐かない。その無言を許諾ととったのだろう、歩武が千里に強い口調を向ける。

「話があるんだ、遠慮しろよ」

千里に向ける歩武の言葉も態度も、すべてが牽制を示していた。そのことにまた胸が震えて、京弥は千里から視線を外すと告げる。

「千里……すまない。先に、戻っていてくれるか」

部屋に行ってもなにもしない。絶対にしない。それが無駄なあがきであることを知りながらも、繰り返し胸の内に呟きながらいう。

「すまない……話が終わったら、すぐに戻るから」

内側で湧き上がる欲望を誤魔化すように、社内では滅多に向けることのない弱々しい口調でいうと、千里が渋々といった様子で頷く。

「では、ビールを用意して待ってます」

それが無駄にならないことを京弥自身も祈りつつ、宿泊先へと帰っていく千里の背中を見送った。

帰るように努力はすると自身にいい聞かせるものの、無言で腕をとってくる歩武に引きずられるようにして部屋へ連れ込まれてしまう。

室内に入ると、真っ直ぐにベッドへ向かわれる。すぐさま押し倒されて、唇が貪られた。

「んっ、んんっ」

抗議を口にしたくても、唇は解放されない。

それどころか、ベルトへと手を伸ばしてきて器用に外すと、下着とともにスラックスを下げられてしまう。

「あゆっ、んんっ」

キスがわずかに離れた隙をついて抗おうとしたが、拒否は許さないとばかりに再び口づけが襲う。

彼がこれからどうするつもりかなんて、京弥には充分に理解できていた。

（本当に、このまま挿れる気かっ⁉）

いつもは優しい彼だけれど、怒っているときだけは容赦ない。

なぜ彼が機嫌を損ねているのか正確に把握はしていないが、察することならできる。

元の恋人が、他の男と親しくしているのが気に入らなかったのだろう。

歩武は大人の顔をしながらも、独占欲は人一倍強い。

好きな相手のことなら、コンプライアンスにひっかかる個人情報を調べることだって厭《いと》わない男だ。搭乗者名簿から会社を調べて、京弥に会いにきたこともある。別れた相手といえど、目の前で親しくされるのは気に障ったのかもしれない。

千里もまたあからさまに歩武を煽っていた。彼がそれに腹をたて、こうして苛立ちをぶつけてくることはわからなくない。そんな彼の心情はなんとなく理解できても、だからといって、このまま抱かれていいわけではない。

「歩武っ、駄目だっ、千里が待って――――」

唇が解放された隙をついて言い訳を口にしたものの、すぐにそれは鋭い痛みによって止められた。

「――――ッ!!」

慣らされもしない秘処に、熱い楔《くさび》が突き立てられたのだ。

昨晩散々穿たれたとはいえ、潤いも与えられていないそこをこじ開けられるのは苦痛以外のなにものでもない。

「あゆ、む――――っ!!」

上体を弓なりに反らせて、悲鳴のように名前を呼ぶ。だが、それで止まってくれるくらいなら、彼はこんな無理強いはしない。

自身でも抑え切れない苛立ちがあるのだろう、声を一言も発してくれないのがそのいい証拠だ。本気で怒った歩武は、罵声なんて浴びせてこない。付き合っていたときも、何度か怒らせたことがあったが、そんなときはいつだって、声も労わりもなく抱いてくる。身体から発せられる負の感情は、言葉よりも雄弁にその恐ろしさを語っていた。

そして今、歩武から滲み出るように負の圧力が、京弥を縛りつけている。

歩武の憤《いきどお》りが、京弥の心臓を凍らせてしまいそうだった。

きっと、自身でもままならないその感情をぶつけるように、強引に繋がろうとしてくるのだろう。それを示すように、歩武はサイドデスクへ手を伸ばすと引き出しを乱暴に開けて、そこから一本のボトルを取り出す。透明の液体の中身は潤滑剤らしい。もしかしたら、昨晩もそのつもりで用意していたのかもしれない。なぜそんなものを持っていた？　という疑問が脳裏をかすめたけれど、下肢に落とされた液体に思考は止まり、京弥は身を竦めた。

「冷た……っ」

ひんやりとした粘液に、京弥は身震いした。歩武は自らの男根にもそれを垂らすと、残りをベッド下へと放り投げる。そして、再び京弥の腰を摑むと、短いストロークを繰り返して徐々に中へと入ってきた。

ぬちゅっ、ぐちゅっと卑猥《ひわい》な音が、部屋を淫蕩《いんとう》な空気で満たしていく。

「くっ……歩武……っ」

お互い上半身に乱れのないまま、下肢だけが深く繋がる。それが本能のみの獣じみた行為に思えたけれど、プライドに気を回すほどの余裕は京弥にはない。

なにも囁かれないままの行為はひどく心許なかったが、それでも京弥は呼吸をできるだけ多くするなどの努力をして、自ら彼を受け入れていった。

もう二度と抱かれたりしないなんて言葉が、ちっぽけな抗いだったと思わされるような強引さで、互いを欲する。

歩武の肉棒が根元まで埋まると、間髪容《い》れずに律動を開始された。

「あっ、はぁっ……あっ」

なんてひどいセックスだろうと思うものの、苦痛を訴える身体のわりには、心は不思議と満たされている。

彼に大切な相手がいると知りながらも、求められることに喜びを感じてしまう。そんな自分をやはり汚いと感じたが、それでも、今度こそ絶対に終わらせるから……と、京弥は今このときの許しを、歩武のパートナーに求め続けた。

夜も深まり、すでに深夜というよりは夜明けに近い。もういく度目の射精かわからないほど、互いの身体が精液と汗にまみれたころになって、歩武はようやく京弥へ声をかけた。

「あいつが……今の、相手か?」

まだ挿入したままの雄でゆるく律動しながら訊ねてくる歩武に、京弥は朦朧《もうろう》とする意識を働かせて問う。

「な、に……？」

「あいつと、どんな関係？」

『あいつ』というのが千里のことだと気づいた。だが、関係を問われても、ただの同僚でしかない。しかし、それを正直に答えることをよしとしなかった口は、言葉は吐き出さず、代わりに喘ぎをこぼすばかりだ。

「名前、呼んでたよな？」

「なに……いって……」

「会社の人間とは一線引いていたあんたが名前で呼ぶ相手って、なんなんだよ？」

千里を名前で呼んでいたことが、歩武には気に入らないらしい。

千里を名前で呼ぶようになった理由はとても単純で、グループ内に『藤原』姓が他にもいたからだ。それゆえに、年若く新参者の千里が名前で呼ばれることになった。ただそれだけの理由。他意はないが、歩武にはそうは聞こえなかったのだろう。

「あいつと寝たのか？」

かすかな怒気を孕んだ声をこぼしながら、京弥の深いところを乱暴に突き上げてくる。

「あゆっ……む」

その動作は、不貞を働いた恋人に対する戒めにも感じられた。

「昔は、あんなに年齢差にこだわってたくせに、なんの変化だよ」

　年齢差と聞いて、千里の年齢を教えただろうか？　と、ふと疑問が脳裏をよぎったが、食事中の記憶も今は曖昧で思い出せない。もしかしたら、自分たちの会話から、年の差を感じとったのかもしれない。

　歩武にしてみれば、千里が年下であることが気に入らないのだろう。歩武と付き合うまでに、自分は何度も彼の年齢を意識した発言を繰り返した。

『年下のくせに！』

　恋人になった後も、ケンカをすれば必ずいっていた覚えがある。そんなところも、無駄なプライドといわれていた所以《ゆえん》だろう。すると、歩武がまさしくその言葉を紡いでくる。

「あんたの、あの無駄に高いプライドは、あいつには通用しねーのかよ」

　なぜ年下に目を向ける！　というような責める口調に答えずにいれば、歩武の手が京弥の指をとり握ってくる。

「いつから、年下が好きになったんだ!?」

　そういって、性欲を煽られる唇から白い歯を覗かせて、指を噛んできた。

「ッ……！」

　言葉に強い嫉妬を浮かべた歩武が歯をたててきたのは、くしくも左手の薬指だ。まるでリングを描くように付け根に何度も噛みつかれる。

「いっ……つっ」

噛みついてくる歯はとても痛くて、すぐにも指を引き抜いてしまいたかった。だが、それをあえて我慢したのは、真実を伝えない自分への罰であり、事実を知りたがる彼への贖罪の気持ちからだ。

指が解放されるのを息をつめて待っていると、ふいに唇が離れて肩口に顔を伏せられる。

「なんでだよ……！」

そんな彼の声は、苛立たしげにも、弱音を吐いているようにも聞こえた。

噛まれた指を持ち上げて確認すると、そこは赤く腫れてくっきりとした円が刻まれている。

（本当に……指輪みたいだな）

同性同士ゆえか、これまで歩武との関係に結婚というものを意識したことはないが、こうして見ると、彼となら結婚も悪くないと思い笑みが浮かぶ。

もちろん、法律が同性の婚姻を許していないから、書類上は結ばれないことくらいわかっている。ただ、誓った愛の証を身につけるというのは、中々幸せなものではなかろうかと感じた。

昔の人は、左手の薬指が心臓に直結していると考えたらしいが、それも存外間違いではないように思える。刻まれた証を見て、京弥の心臓が甘く切なく鼓動するからだ。

このまま、関係を戻すことができたらいいのに……。そんな思いが京弥の胸を締めつけると、肩口に伏せた歩武の声が独白のように落ちた。

「やっぱり、手放すんじゃなかった！」

悔しげに吐き出された言葉と、強く抱き寄せてくる腕が京弥を熱くさせ、そして切なくさせた。

（それだけ聞ければ充分だ……歩武）

未練はある。今夜が終わっても、彼のことはきっと一生忘れられない。

それでも、この言葉さえあれば自分は充分幸せでいられるはずだと、左手を歩武の髪に埋めて頷く。

「ありがとう……歩武」

これまでの想いと感謝を声に乗せて囁き、なにかに耐えるように肩を震わす男の、伏せられた頭へと口づけを落とした。

二年間、ずっと想い続け後悔し続けた想いに、これで区切りをつけられる。

どんな現実であっても、こうして再会できてよかったと、京弥は白んでいく窓の外に視線をやって一つ涙をこぼした。

昼前に、市内へと出るついでに歩武を空港まで見送った。

上着を手にし、フライトバッグを持った彼の制服姿は、どんな服を着たときよりも見栄えがすると見惚れずにはいられない。

別れたくなかったといってくれたその後、二人の間に会話らしいものはなかった。だが、それでいいと思えた。これ以上になにかをいわれては未練どころではなく、本気で彼をとり返したくなってしまうだろうから、そんな自分が恐いと感じたから京弥は苦笑する。

「元気でな」

二年前にはいえなかったセリフを口にできてよかったという思いに反して、やはり寂しさは抜けてくれない。

それは歩武も同じ思いでいてくれるのか、彼はいつものように笑ってくれないどころか、挨拶もしてくれない。

なにかを告げたそうな顔で、けれどいってはいけないのだと自制をかけるような複雑な表情で見下ろしてくるばかりだ。

「挨拶もなしか？」

促すようにいうが、歩武は難しい表情を崩さない。

それを困った具合に眉根を寄せて見やると、京弥は歩武の前に手を差し出した。

「左手を寄越せ」

そういうと、茶色の瞳を訝しそうに眇めながらも、左手を差し出してくる。

やはり、そこに銀色のリングはなかった。

薄っすらと日焼けの痕が残る指に苦笑して、京弥は彼の相手に詫びながらそこへ口づけを落とす。

(好きだ……これからもずっと……きっと、一生)

だから、どうか幸せに。

声にすることのできない想いを胸に呟きながらキスを贈る。せめて、彼の心にこの想いが伝わるようにと願いながら、別れを告げるために顔を上げる。

「京弥……?」

端整な顔に驚きを浮かべた歩武は、少しだけ子供っぽく見えた。年下は嫌いだし、暑苦しい恋愛も嫌いだ、スマートでないのも嫌だし、子供っぽい男なんて最悪だと思っていたが、そんな価値観を変えてくれた男の表情を愛しく感じながら、京弥は微笑する。

そのまま指先を握るようにして、握手に変える。

とても胸が痛くて仕方がなかった。友人として付き合っていけたらとも思っていたが、それが無理だということは昨晩の行為で思い知った。

別れたくない、離れたくないという気持ちは、どうしても去ってくれないけれど、それでは彼を不幸にしてしまうと京弥は自分にいい聞かせる。

（大丈夫……ここを出たら、またいつもの自分に戻れる）

次に恋をするときは、今度こそ間違えないようにしたい。意地になりすぎないこと、謝ることのできる素直さを持つこと、それらを今後の教訓にすると考えて、自嘲する。

（恋ができたら……だけどな）

こんなにも愛する相手とは、二度と巡り合える気がしない。本当に、心から信頼し愛せた男は歩武だけだ。だから、今いるパートナーと幸せになってくれ、という言葉は正直なところでは建前でしかない。しかし、愛した男だからこそ、幸せになって欲しいというのも本音だ。ただ、自分ではない誰かと……という嫉妬は抜けない。だからといって、その気持ちを口にしてしまうような弱い自分を、プライドは決して許さない。

彼がもっと前に進むためにも、そして自分が前進するためにも、無駄に高いといわれるプライドを京弥は発奮させていった。

「仕事、頑張れよ」

これが彼と触れ合う最後の温もりだと思えば、手を離すことが躊躇われる。だが、もう過去には戻れないということもわかったから、京弥は手を離す。

なんの未練もないという笑顔を作って向けると、歩武が躊躇いがちに、そしてどこか諦めたように「ああ……」とだけこぼしてきた。

「じゃあな」

何食わぬ顔で踵を返し出口へと向かうが、足取りはひどく重い。

出入り口で待つ千里の姿も、今は疎ましくて仕方がなかった。できればひとりになりたかったけれど、仮にも仕事中に、しかも年上の自分がそんな我儘をいえるわけがない。

(最後にもう一度だけ、キスしたかった……)

一生忘れられないような、激しいキス。

振り返っては未練が残ると知りながらも、振り返らずにいられない思いで背後に顔を向ければ、歩武はまだ同じ場所に立ち尽くしたままでいる。

見送ってくれることを嬉しく感じたが、しかし、彼の表情は見送りにしてはおかしな驚愕を浮かべている。

不自然に持ち上げられた左手、唇が震えるように動くのを見て、歩武がなにを呟いたのかわかった気がした。

——京弥……あんた………。

先を続けない彼がなにをいおうとしているのかがわからなくて、一度戻ろうかとも思ったが、その歩みは千里の声によって止められる。

「七瀬さん、行きましょう」

促すように背に手を宛がってくる千里に、京弥は戸惑いながらも頷いて空港を出た。

綺麗に別れられたはずの関係が、なぜかほんの少し気がかりを残してしまった。

「ねぇ、七瀬さん」

今は声をかけるなといいたかったが、仮にも同僚にそれを告げることはできない。

「なんだ？」

少しだけ不機嫌な口調は許せと思いつつも顔を上げると、歩武よりも濃い茶色の瞳が窺ってくる。

「ご友人とケンカでもされたんですか？」

含みのある言い方に、歩武との関係は悟られていることを確信しつつ短く返す。

「してない」

すると、千里の声が少しだけ笑っていう。

「じゃあ、失恋でもしましたか？」

失恋……と呟けば、その言葉がダイレクトに心へ突き刺さって、胸を締めつけた。

一気に切ない想いが襲ってきて胸が苦しくなり、瞳がじわりと熱くなる。

（そうだ……失恋したんだな……俺は……）

その単語と意味を認めると、実感が次から次へと湧いてくる。

鼻の奥がつんと痛んで、つくづく千里が一緒であることを恨んだ。

なのに、そんな京弥を慰めるように、千里の手が頬に触れてくる。

「だったら、俺と付き合いませんか？」

好意を寄せられていたことは知っていても、こうして直接申し込まれたのは初めてだ。人が弱っているときに卑怯な……とも思ったが、やんわりと頭を抱き寄せられて、その温もりに歩武を思い出さずにはいられなかった。

「やめろ……」

一言抗いを呟いたが、それはあまりに弱くて抵抗にもならない。千里の唇が黒髪へ口づけるのを、拒むことができなかった。

「俺なら、ずっと一緒にいます」

そういわれて、なぜ自分が歩武と別れてしまったのか、二年前を思い出す。

(寂しかったんだ……)

甘えることを覚えた心が、歩武に置いていかれるのを恐がっていた。パイロットなんだから気軽に戻ってこられるといわれても、ひどく遠くへ行ってしまうように感じて寂しくて、彼がそばにいないことが恐かった。

「好きですよ……京弥さん」

許してもないのに勝手に名前を呼ぶ千里を、普段なら横柄《おうへい》に感じるくらいの態度で一瞥したことだろう。

「俺と、付き合っていただけませんか?」

だけど、もう自分ではない他人のものになってしまった歩武への、行き場のない想いが

ていた。
千里が再び髪にキスを落としてくるけれど、京弥はその感触の中に歩武の温もりを求め
「……………考えておく」
京弥に弱い言葉を呟かせた。

2

歩武とケアンズの空港で別れた翌日に帰国の予定だった京弥たちは、仕事をこなす合間を縫ってグレートバリアリーフまで足を伸ばすこともできた。

エメラルドグリーンの美しい海を眺めたが気分は晴れなくて、残念ながらあまり印象深く記憶に残っていない。

オーストラリアから帰国して、すぐに忙《せわ》しない日常が戻ってくる。

あれから二週間も経っているというのに、気持ちはまるで浮上してくれなかった。

歩武とは空港で別れたきりで、あの日以降は当然ながら連絡はない。

最後になにをいいたかったのか気にはなったが、たしかめるために連絡をとろうとも思

わなかった。

（終わったことなんだ……もう）

きちんと別れを告げたのだから、今さら未練たらしく追いかけるべきではないと、京弥は仕事に没頭することで日常をとり戻そうと必死だった。

「あ、京弥さん。三時から、第四会議室を取っておきました」

千里が机に寄ってきていうと、他の同僚から揶揄ともとれる声をかけられる。

「七瀬のことを名前で呼ぶのも、すっかり定着したな、千里」

出張先でなにがあったと勘ぐられるくらい、千里はこれまで以上に京弥に懐いた。それをはじめのころは鬱陶《うっとう》しいとはね除けていたが、彼は迷惑そうな顔をする京弥をさらりとかわして近寄ってくる。今では、そんな千里を追い払うことすら面倒に感じている。

「俺は、京弥さんに憧れているんですよ」

適当なことをいうな、という苦言さえ口をついて出ない。いちいち相手をしていたらこちらが疲れてしまうからだ。

「お、七瀬を狙ってるのか？　無駄無駄、こいつはストイックで有名だからな」

女子社員の誘いを受けないことが、ストイックという言葉を定着させている。事実はまるで違うが、それを否定する馬鹿なことはしない。

そんな会話をキーボードを打ちながら聞き流していた京弥の傍らで、聞いているこっちが恥ずかしくなるようなことを千里はいう。

「俺は本当に、京弥さんには憧れてるんです。京弥さんはいつだって仕事に対して真摯《しんし》だし、同僚のミスもすぐに修正して的確なアドバイスをくださる。多言語にも精通しているし、綺麗なイントネーションは聞いていて心地好いです。たまに、違うグループからの要請を受けて仕事をされるときも、成功したって決して自分の功績として誇ることはない。一歩引いたところで構えているその姿勢に憧れます。そんな京弥さんと一緒に仕事がしたいと思ったから、俺はこの第一グループへの異動を願い出たんです！」

これはなんのプレイだと思いたくなるくらい、キーボードを打つ京弥の手が羞恥で震えた。

「……うるさい」

むげもなく両断するが、他の同僚たちはおもしろがって千里を囃《はや》し立てる。

「いやいや、それはもう恋だよ、恋」

それを「そうでしょうか？」なんて返す千里に、京弥も呆れるしかなかった。

（こいつ……もっとおとなしいヤツかと思ってたけど……）

そういえば、直情的な一面があったことを思い出す。

そんな性格のせいだろうか、歩武と別れた後しばらく、ひとりになりたくて放っておいてくれと訴えたが、残念ながら千里には通用しなかった。

ことあるごとに食事やら飲み会やらと引っぱっていかれて、休む暇もないほど毎日を忙しなく過ごしてきた。おかげで気は多少まぎれたものの、しかし千里のそんな努力を申し訳なく感じるくらい、京弥の心から歩武が消えてくれることはなかった。

今ごろはどこの空を飛んでいるんだろうと、ふと窓へと目をやることが多い。オフィス街の窓から見える空なんてほんのわずかでしかないけれど、空の青を見るだけで心が落ち着く。

まだ彼を忘れることはできないけれど、どうやら気遣ってくれているらしい千里には、それなりに感謝している。

「そういえば、プロジェクターは必要ですよね？　あ、あと、おやつ用意しておきました」

こそりと耳打ちする千里に、京弥は長いまつ毛をまたたいた。

「おやつ？」

「ええ、向かいのビルの中に、新しいパティスリーができたんですよ。さっき買ってきたんで、会議が終わったら皆で食べましょう」

甘いものが好きだと知られてからというもの、千里は時おりおやつを調達してくる。

「お前はグループ内一の年下なんだから、そういうのは俺や他のヤツに任せておけ」

面子《メンツ》を潰す気か？　とまで付け足せば、慌ててそれを否定してくる。

「いえ、そういうつもりでは……っ」

千里の気遣いもありがたいが、たまに行きすぎると苦笑する。

「今後は俺に相談してからにしろ」

「はい……」

失敗したと軽く自己嫌悪する千里を、京弥は微笑ましく感じた。

千里は、歩武とは似ても似つかない性格だが、京弥を放っておかないという点では同じだ。

彼のあまりの忠犬ぶりを見ていると、恋愛というよりは確かに憧憬に近いように感じられる。そんな千里を、京弥は小さく笑った。

「千里、ありがとう。今度、飯でも奢る」

それを聞いて、すぐさま機嫌を直す様を見て、幼いな……と思う。

やはり、歩武とは違うと、すぐに比較してしまう自身を京弥は戒めた。

(千里は、歩武じゃない)

好きだといわれたからって、千里を歩武と比較することは間違っている。それをわかっているのに、目はいつでも千里の中に歩武を探してしまう。

歩武と別れたとき、うっかり千里の手の温もりを感じてしまったのがいけないのかもしれない。京弥は仕事に戻った千里へ目をやってから、再び窓の外に浮かぶ空を仰いだ。

お互いに、会っては不幸になると知りながらも、会いたい気持ちは治まるどころか、燃え上がるように熱を上げている。

再会して身体を繋いだことが、きっといけなかったのだろう。

手放さなければよかったという思いを告げられて、嬉しく思ってしまったのが、またさらにいけなかったかもしれない。

いまだに燻《くすぶ》る未練が、彼に会いたいと訴えかけていた。

(会いたい……会いたい……歩武……)

そして、そんな想いに呼応するように、彼は再び京弥の前に姿を現したのだ。


残業を終え、同僚と軽く食事をしてから帰宅すると、マンションの玄関前に長身の男が立っているのを見つけて、京弥は驚愕した。

「歩……武?」

なぜ、ここに彼がいるのかと目を疑った。

あまりにも再会が突然やってきて、名前以外の言葉が咄嗟に口をついて出ない。そんな京弥に、歩武が挨拶を投げかけてくる。

「おかえり、京弥」

にこりとも笑わない歩武が、なぜだか現実のものには感じられなかった。しばらく無言で見つめていると、マンションの植え込みの縁に腰を下ろしたままでいう。

「挨拶もなしか?」

問われて、そこでようやくハッとした。

「あ、ああ……ただいま」

彼はいつだって、挨拶を欠かさない。まるで、自分たちの居場所を確認するようなそれは、いつだって京弥の心を安心させてくれる。

慌てて声にすると、歩武はようやく腰を上げて近づいてくる。

「ずいぶん、遅いんだな」

目の前までやってきて足を止める男を、軽く見上げて頷く。

「同僚と、食事を……」

「同僚?　あの、千里とかいうやつ?」

「ああ、千里もいたが……」

オーストラリアで牽制し合っていた二人を思い出し、千里の名前を出したことを失敗だったと悔やんで、そして独りごちた。

(別に……気遣うことじゃない。俺と歩武は、もう無関係なんだから……)

京弥が切ない表情を見せたくなくて視線を伏せると、歩武の手が髪に触れるように伸ばされる。

それに気づいて顔を上げると、黒髪をつまむようにして触れてきた。

「歩武?」

触れられた髪の先から、まるで電流が走り身体を巡るようだった。

「話があるんだ、部屋に寄らせてもらえないか?」

そういって、髪から頬へと滑らせた手を、唇へと伝わせる。二週間ぶりに感じる温もりに京弥は身震いした。

京弥よりも高い彼の体温に、快感を覚えたのではない。せっかくつらい思いをしてまでも別れを告げたというのに、また同じ思いをしなければならないのかと、恐れにも似た苦痛が胸を締めつけたからだ。

びくりと震えてその手から身を引くと、愛おしむような切ない表情を浮かべた、歩武の顔が強張《こわば》る。

「なに……?」

なぜ逃げるのかといった声で問いかけてくる歩武は、避けられたことを信じられないといっているように見えた。

あまりにあからさまに避けすぎただろうか。京弥自身も、まるで怯えるような反応をしてしまった自分自身に驚きつつ、曖昧に言葉を濁す。

「いや……べつに……」

なんと答えていいのかわからなくて眉間に険しく皺を寄せると、歩武もまた垂れ目がちな瞳に小さな疑いを宿らせる。

「部屋に、入れてくれないか？」

なんの話をするつもりできたのか見当もつかないが、聞きたい気持ちと聞きたくない気持ちとが、京弥の中で交錯した。しかも、夜中といっていいこんな遅い時間に、歩武を部屋へ上げることに躊躇いを覚える。

オーストラリアでの二日目の夜も、彼は『話がある』といい、けれど結局は話もせずに身体を求めてきただけだった。そのときの記憶が脳裏をよぎるから、簡単に頷くことはできない。

（また肌を合わせるなんて……それだけはもう、絶対にしてはいけない！）

抱かれたい気持ちならもちろんある。だからこそ、求められたらきっと拒めないという弱い自分も理解している。それが互いを不幸にするだけの行為でしかないのだということも、把握している。

絶対に、二人きりになってはいけないと、自らに強くいい聞かせて京弥は涼しげなその瞳を上げた。

「悪いが、部屋には上げられない。話があるなら、外に出よう」

そういって、帰ってきたばかりのマンションを前にして踵を返す。だが、その手を歩武が摑んできて止めるから、京弥の足も止まる。

「なに？　見られてまずいもんでもあるのか？」

部屋に上がられてまずいものなんてない。あえていうなら、付き合い始めたころに歩武が買ってきた、自由の女神がいまだに飾ってあるということくらいだろうか。

「俺が部屋に上がっちゃまずい理由があるのか？」

歩武は、獰猛《どうもう》な肉食獣にも似た鋭い瞳に、嫉妬を宿して訊ねてくる。

夜目にもぎらぎらと光り輝いて見えて、このまま本当に喰われてしまいそうな恐怖すら覚えた。

（なんで……そんな目を……今さら……）

今でもそんな風に嫉妬を覚えるなら、なぜ二年前、せめて結婚する前に会いにきてくれなかったのかと悲しい思いが湧いてくる。

自分だって連絡をとれなかったけれど、こうして今になって会いにきてくれたってもう手遅れじゃないか！　と、京弥は手を振り払うと、歩武を睨みつけた。

「突然現れて部屋に上げろなんて、勝手をいうな！　話なら、外でもできるはずだ！」

シン……としたマンション前の道路に声が響く。

普段なら声を張り上げるなんて無様な真似はしない。だが、いつだって歩武の前では、冷静な自分なんてあっさりと剝がれ落ちてしまう。そんな醜態を曝すことがプライドに障って、たまに激しい自己嫌悪を覚えるけれど、これればかりはどうにもならない。

ここで、本当は会いたかったとしおらしい一言でもいえれば可愛げもあるというのに、今ばかりは歩武の軽率な行動に腹がたって仕方がなかった。

(俺が、どんな思いでお前と別れたと思っているんだ!)

こちらの気持ちも知らずにあっさりと会いにやってきた男の、珍しく無神経な行動が疎ましい。

どれだけの覚悟を決めて別れを告げたか、そしてこの二週間、どれだけの思いで歩武を忘れようと努めてきたか、そんな思いも知らずに勝手にやってきては、部屋に上げろという。ただ身体だけを目当てに現れたような気がして、かすかな嫌悪感さえ覚える。

「外でなら、話を聞いてやる」

二人きりになることを避けるために放ったその言葉を聞いて、歩武は一つ溜息をこぼすと『降参』とでもいうように両手を軽く上げた。

「わかった。京弥の気が済むようにしてくれて構わない」

意味のない言い争いを避けるように、歩武はあいかわらず引き際を心得ている。

そんな彼を見て、京弥は踵を返す。

「行きつけのバーでいいか?」

マンションから近いし、落ち着いて話をするにはちょうどいい。

「ああ、あんたに任せるよ」

コツリと靴音をたてて夜道を歩く二人に、それ以上の言葉はなかった。


薄暗い店内のカウンター席に座ると、互いに飲み慣れたブランデーをストレートでと注文する。

並べられたグラスに、どちらともすぐには手をつけなかった。

しばらく中の氷を回すようにしてグラス弄んでいた京弥だったが、中々用件をいい出さない歩武との沈黙に耐え切れなくなって、手の中のものを喉に一口流し込むと訊ねる。

「なぜ、会いにきたんだ？」

自分たちは合意のもと、オーストラリアで別れたはずだと暗に告げれば、歩武から思ってもない言葉が呟かれた。

「あんたと、やり直したい」

歩武の告白に驚いて視線をやると、歩武の真剣な眼差しが京弥を射貫《いぬ》いてくる。

「どうしても、京弥が忘れられないんだ。もう一度、関係を戻したい」

「なにを……今さら……」

思わず口をついて出た言葉だが、嘘ではない。

「今さら、ってのはわかってる。本当はもっと早く……二年前にいうべきだった」

それがわかっていたなら、なぜ会いにきてくれなかったんだと、自分をあえて棚に上げて考えて、彼はその間に新たな恋愛を楽しんでいたのだという答えに辿り着く。

新しい出会いを楽しみ、まして結婚までした。だからこそ、元の恋人に連絡をとることもなく、まして会う必要なんてなかったのだろう。けれど久しぶりに会って身体を繋いでみたら、思いがけず昔の相手が恋しくなってしまっただとか、他人にとられるのが惜しくなった、などといった辺りだろうか。

どちらにせよ、彼が結婚をしているという事実には変わりがないし、自分たちは終わったことに間違いはない。

歩武の左手に視線を落とすが、そこに指輪は存在しなかった。今夜もわざわざ外してきたのだと思えば、腹の中に悔しさとも、悲しみともとれない思いが湧いてくる。

（ちゃんと誓った相手がいるくせに……！）

現実を隠してまで自分と付き合っていくつもりでいるのか、それとも、自分を都合のいい恋人として抱きにくるだけのつもりか。

歩武は、自分たちが出会う以前の、京弥のセックスを知っている。話して聞かせたわけではないが、一夜限りの相手とばかり遊んでいた京弥の交友関係を察したらしい。

そんな遍歴を知っているからこその発言に思えて仕方がなくて、屈辱的な気分を味わわされる。まるで、彼への愛情そのものが、汚いもので塗り替えられそうな気がして嫌悪を覚えた。

歩武のことは、今でも変わらずに愛している。こんなに腹がたっていても、彼を想う自分の気持ちに変わりはない。いっそ嫌いになれたらいいのにと思いながらも、それができない自分自身にも腹がたつのだ。

(なんて無様な……)

彼といるといつだってこうだ。いいにしろ悪いにしろ、感情が揺さぶられて平静ではいられなくなる。理想としている自分と、かけ離れた言動ばかりしてしまう。

そんな自分をみっともないと感じて、京弥は今にも爆発しそうな感情を必死で抑え込みながら口を開いた。

「………悪いが、今、付き合ってるやつがいるんだ」

誰とはいわないが、歩武には思い当たる節があったからだろう、その相手を定めてくる。

「あの、千里ってやつか?」

実際には付き合ってなどいないけれど、他に思い当たる相手がいなくて、咄嗟に浮かんだのは千里の姿だった。

「……そうだ」

一言認めれば、歩武の表情が不穏に曇る。

「この前は、そんな風に見えなかったけどな」

付き合うような雰囲気じゃなかったといって疑いを向けてくる歩武に、京弥は喉を上下させた。

「……あの後……付き合ってくれと、いわれた」

ただ、それに答えを返していないだけで、告白されたことに偽りはない。

そんな京弥に、歩武の疑いが突き刺さる。

「俺と寝たすぐ後に告白されて、付き合うって決めたのかよ？　それって、ただすがる場所を求めただけじゃねーの？」

厳しく糾弾《きゅうだん》してくる歩武に、身体がぴくりと反応してしまう。慰めるように伸ばされた千里の手には、確かに慰められた。もしかしたら、心のどこかで無意識にすがる場所を求めていたのかもしれない。こうして問われた瞬間に、心臓が竦むのがいい証拠だと思った。

「あんたも、本当はまだ、俺のことが好きだよな？」

言葉の一つ一つを確認するように、慎重に発してきた歩武の瞳は、射貫かれるほどに強い。

否定の言葉を吐こうとするが、すぐに声が出てこない。自分でも動揺しているのがよくわかる。それを気取られたくないというプライドが、京弥の表情を不愉快に曇らせた。しかし、そんな京弥の不快に気圧《けお》されてくれない男が、言葉を繰り返してくる。

「まだ、俺のこと、好きだろう?」

単語を区切るようにして訊ねてくるその口調と鋭い視線は、まるで深層にある本音を引き出そうとしているようにも感じられた。

彼のこれが愛情なのか執着なのか、京弥にはわからない。嬉しくないといったら嘘だが、自分たちの関係は、互いを不幸にするだけだ。歩武がどう考えているのか知らないが、自分たちが関係を戻しても、なにもいいことはないと、京弥は切ない心情を押し隠して告げた。

「お前とは、もう終わったことだ。先日の夜は、本当にどうかしていた。千里がいたというのに……」

本当に、自分らしくない行動だったと思っている。いくら強引に誘われたからといって、同僚と一緒でありながら、男と夜を過ごすだなんて、あまりに軽率だったと反省をしている。きっと、千里にとってもあれが決定的な夜となったのだろう。これまでは言葉だけの誘いだったものが、最近では触れてくることが多い。

『京弥さん、今夜、部屋にお邪魔していいですか?』

そういって腰に回してくる手を、いつも叩き落としている。

それを『手厳しいなぁ』なんて軽口で苦笑する千里が中々可愛いとは思うものの、恋人にしてもいいと思うまでの感情が育ってくれない。

歩武を忘れられないのだから、他に目がいかなくても当然かもしれないが、千里にはいらぬ期待を持たせている気分だ。また、千里の知らないところで、こうして言い訳に使わせてもらっているから、さらに申し訳ない気持ちが湧いてくる。

「千里には本当に……なんと詫びたらいいかわからない」

意味こそ違えど本心からそう思い口に上らせると、それまで睨むくらいに強かった歩武の視線がふいに外される。

「好きなのか？　あいつが？」

質問ばかりだな、とふいに感じて、そこから彼の必死さが窺える気がした。

「好きなのか？」

重ねて問いかけてくる言葉に、すぐに返事をすることはできなかった。

歩武以外の相手を好きだなんて、いえるはずがない。けれど、ここで答えずに疑われては、嘘をついた意味がなくなってしまうと、京弥は心で抗いつつも頷く。

「ああ」

さすがに視線を合わせていられなくて、手の中にグラスを包み中身を睨むようにして告げる。

「当然だろう」

まさか、こんな嘘をつくことになろうとは思ってもなかった。

（なんて……気分の悪い……）

自分で口にしておきながら、ひどく気分が悪くて後悔させられる。

なぜ歩武とこんな話をしているんだと、自分がどうしてこんな気持ちにさせられているんだと、苛立ちとも悲しみともつかない思いを鎮《しず》めるように、京弥は琥珀色の液体を喉へと流し込んだ。

芳醇《ほうじゅん》な香りを放つアルコールを一気に呷れば、喉と胃が焼けるように熱くなる。その熱すらも、今は腹立たしい。

なにもかも忘れたい。忘れて、なにもかもが夢だったと思いたい。明日になったら、歩武と暮らしていたころの、あの満たされた日々に戻っていればいいのに……。

そんな、遣る瀬《やせ》無《な》い思いでいる京弥に、歩武らしくない躊躇いが呟かれる。

「あんた……もしかして、なんか誤解してねーか？　この前ケアンズで、空港で別れるときに気づいたんだけど……」

なんの誤解だ？　と思ったけれど、問われた意味がわからない。それよりも、珍しくいいよどむ歩武の態度が気に障る。以前そうであったように、なんの前触れもなく現れたかと思ったら、どこか未練を漂わせた様子でなにやら訊ねてくるのが少しだけ苛立たしかった。せっかく彼を忘れようと努力しているというのに、これではまた一からやり直しじゃないか！　と、唇を噛み締めたいような気分だ。胸の中も胃の中も焼けるような不快感があって、歩武の言葉すらきちんと聞かなかった。

「悪いが、まったくもって心当たりがない。もし、千里と俺のことがいいたいんだったら放っておいてくれ。お前には関係のない話だ」

マスター、同じもの。と、カウンター内にいる男へ向けてグラスを振る。ボトルから液体が注がれるときの、こぽこぽという音が京弥は好きだった。ゆったりとした音楽にまぎれて聞こえてくるその音が好きだというのに、今日ばかりはそれを心地好く感じられない。言葉もなく黙り込んでしまった歩武をおいて、京弥はひとりで酒を呷った。

飲まないと気が鎮まらない上に、飲んでいないと間が持たない。『帰る』と一言いってしまえばよかったのに、それすらもいえずに彼とともにいられる時間にしがみつく。そんな自分がまた情けないやら腹がたつやらで、珍しくピッチを上げて飲み続けた。

そのうち視界がぼやけてきて、自分が飲みすぎたことを知る。

（まずい……このままじゃ、また……）

酔った勢いで関係してしまいそうだと危惧したが、それとは裏腹に身体を抱き寄せてくれる歩武の腕を心地好く感じてしまう。

「大丈夫か？」

ひとりで帰宅するには覚束ない足取りを支えるように、歩武が部屋へと送ってくれる腕に、京弥はただ身を任せていた。

ぼんやりとしていて、意識がはっきりとしない。時おりハッとしたように目が覚めて、しっかりしろ！ と叱咤するも、すぐに意識が飛んでしまう。

瞳を開くのが億劫《おっくう》で閉じたままでいると、耳にカチャンとドアの開く音が聞こえてきた。部屋に戻ってきたのだと感じて靴を脱げば、強い腕が身体をすくうようにして抱き上げてくれる。だが、腕の主が本当に歩武だという確信がなくて、おぼろげな口調で呟く。

「女じゃ……ない……」

だからやめろといいたかったけれど、呂律《ろれつ》がそれ以上回らない。すると、耳に馴染んだ声がいってくる。

「いいから、あんたは黙ってろ」

その声が歩武のものだと確認できて、京弥は安心して瞳を閉じたままでいられた。

やわらかいベッドに降ろされると、上着やスラックスを脱がされる。

ネクタイを外されて、シャツを寛げてくる感触に、このまま抱かれるものだと思った。抵抗する力や、文句をいう舌が、上手く回らないのだから、抱かれても仕方がないよなと、いい訳が頭の中を巡る。

一度ベッドを離れた歩武が、水を持ってやってきてくれたらしく、それを飲ませようと唇にコップを近づけてくれた。

だが、上手に飲むことができないと知ったのか、水を含んだ歩武の唇が触れてくる。

(ああ……キスだ……歩武と………)

やはり彼とのキスは気持ちがいいと感じながら、口腔《こうこう》内に流し込まれる水を、こくりと喉を鳴らして飲み込んでいく。

何度かそれを繰り返した後で、互いの舌を遊ばせ合った。しかし、ふいに歩武の唇が離れて、彼の体温までが京弥を離れていく。

なぜ？と、重い瞼を必死で開けば、ベッドの傍らに歩武が立っている。

とても苦しげでいて、そして、深い決意を滲ませた険しい表情をしていた。

「あゆ……む？」

舌足らずな声で名前を呼ぶと、高い位置から見下ろす男前が口を開く。

「諦めねーよ」

低い声で、囁くように落としてくる。

「あんな顔であいつを好きだっていわれても、諦められるわけねーだろう。俺は、必ずあんたをとり戻してみせる」

歩武のセリフにどきりと鼓動が跳ねて、アルコールに侵された京弥の身体を一層熱くした。

なのに、なぜか急に意識がクリアになって、彼の言葉や現状がやけにはっきりとしてくる。

彼の言葉に喜んだのは一瞬で、すぐにも現実を思い出して蔑みを覚えた。

(戻れないくせに！　もう、戻ることなんてできないくせに！)

そして、それをわかっていて、酔いに任せて抱かれようとした自分の浅ましさを、あまりに醜《みにく》く感じた。

「ふ……ざけるな……っ」

目元を両腕で覆い、ぎりっと悔しさに唇を噛む。

もういいから、もう翻弄《ほんろう》しないでくれと投げつけたいのに、昂ぶった感情が言葉を吐き出させせない。

なんで今さら……という思いが繰り返されて、悔しくてならなかった。

だが、そんな京弥の思いを汲《く》みとるつもりがないのか、歩武は声こそ落ち着いて、けれど力強い言葉で発してくる。

「もう、後悔はしたくない。本当に駄目なんだとわかるまでは、諦めねーから」

そんな言葉だけを残して、静かに部屋を出て行ってしまう。

ひとり残された京弥は、咽をつまらせるようにして泣くことしかできなかった。

ホテルの宿泊客メインのレストランとはいえ、限りある人数相手だけでは経営はなりたたない。

他のホテルに宿泊の客、またはシドニーからの観光客や地元の住民など、あらゆる客層に目を向けてもらえるようにと、内装を担当するのはオーストラリアでは最も知名度のある設計士に決まった。

「よかったですね、交渉も滞《とどこお》りなく済んで。ロバート氏は仕事も早いっていう噂ですし、内装に関しては安心できそうですね」

千里が満足そうにいってくるから、京弥も短く頷く。

「そうだな。あとは、工事業者に心配もあるが、前倒しで取りかかっていければ期日には間に合うだろう」

シドニーに在住しているデザイナーに、挨拶と概要を伝えた帰りの空港で、千里と出国手続きを済ませ、時計を確認する。

搭乗までにはまだ時間もあるし、少しお茶でも飲もうかと声をかけようとしたときだ。

「京弥」

名前を呼ばれて振り返ると、制服に身を包んだ歩武がいる。

「歩武……」

なぜここにいるのかという問いかけは、すでに愚問だ。

彼にとって空港は職場であり、さらにはシドニーに在住しているとあれば、出会う確率だって高いのも頷ける。しかし、それにしたって偶然が重なりすぎる気がした。

広い空港内の大勢の中で、出会う確率なんてどれだけあるというのか。決して高くはないはずの偶然に、京弥はこくりと喉を鳴らす。

（まさか……知ってた？）

社内でとるチケットは、大概同じ航空会社を利用する。調べようと思えば個人の予約状況を調べられるらしいことからも、もしかしたらまた、コンプライアンスに反する行為をしたのだろうかと疑う。だがそれも、疑いであって真実ではない。きっと訊ねたら本当のことを教えてくれるだろうけれど、訊ねるつもりは京弥にはなかった。

モデルでも通用する整った容姿の、長い足で近づいてくる彼に目を奪われる。

空港内にはたくさんの人がいるというのに、周囲の女性は目元を薄っすらと染めて、呆けた表情で歩武を目で追っていた。

そのことに軽く嫉妬を覚えるが、それだけ彼が魅力的だということは、自分もよくわかっている。

カツリと靴音をたてて目の前までやってくると、軽く見下ろすように傾けた精悍な顔が笑う。

「これから東京に戻るんだよな？」

場所がオーストラリアで、出国ロビーにいることからも、帰国と推察するのは確かに容《た》易《やす》いかもしれない。だがなぜだろう、その声は『事前に知っている』と聞こえる。やはり調べたのだろうかと思い、困惑と疑念の視線を向けながらも頷いた。

「ああ、これから帰るところだ」

彼への想いを断ち切る覚悟でいるなら、ここで無視をしてでも接触してはいけないと思うのに、瞳が歩武を捉えただけで心はすべて持っていかれてしまう。

こんなことではいけないと頭ではわかっていても、千里の存在すら忘れて歩武を見つめてしまう。心が歩武を求めて惹きつけられる。

「俺はこれからアメリカだ。けど、それが終わったら日本に行く。あんた、週末休みだよな？　着いたら連絡する」

そういってケアンズの空港で別れたときのお返しのように、歩武の右手が京弥の左手をとってくる。

「二人きりで過ごそう」

頭を下げて唇を落とすのではなく、手を引き上げるようにして薬指に口づけてきた。

人目も憚らず堂々とした様子に、目を奪われずにはいられない。

見た目もさることながら、彼の持つ色気にはほとほと惑わされる。強引な行動を見せるとき、それがより一層輝くのは少々問題だと感じたが、似合うのだから仕方がない。眩暈にも似た陶酔を覚えて、艶めいた視線を向ける。

薬指から全身に広がっていく熱を感じて、気取られないようにそっと視線を伏せれば、アタッシェケースを持つ彼の左手に目がいった。

なぜ目を向けてしまったんだろうと後悔させられる光るものを見つけて、京弥は大きく息を呑み、咄嗟に歩武の手を払い落とす。

「勝手なことを……いうなっ」

大声を出さなかっただけ誉めて欲しいと思うくらい、怒りともつかない嫉妬があった。

「行くぞ、千里」

指輪をはめているのを初めて見た。たったそれだけで、自分でもありえないと思うほどの妬《ねた》ましさに駆られる。

空港内のどこを歩いているのかもわからないほど忙しなく足を動かして、結局辿り着いたのはトイレの個室だった。

扉を閉めると、ダン！　と一つ音をたてて壁を叩く。抑え切れない思いをぶつけたけれど、そんなもので治まるような嫉妬ではない。

外では何事かと思われたに違いないが、体裁を気にしていられる余裕などなかった。

指輪を持っていることは知っていたけれど、実際はめているのを見るのと、知っているのでは、気持ちがずいぶんと違う。まるで『歩武はお前のものじゃない』といわれたようで、悔しくてならない。

(嫌だっ……嫌だ!)

歩武は俺のものだ! と叫びたい気持ちでいっぱいだった。

悔しいという単語が、頭の中に繰り返し響き渡る。もう自分たちは終わったんだと、これまで何度もいい聞かせてきたというのに、やはり想いは簡単には失くせないらしい。

どうして見てしまったんだろう……と、後悔に唇をきつく噛んだ。

こんなみっともない自分は嫌だと思いつつも、悔しさに涙が溢れてくる。

「うっ……っ……」

嗚咽をこぼしてしばらく泣いていたが、その間にドアを叩くものがなかったことはありがたい。

涙とともに、嫉妬も彼への想いもすべて流れ落ちてしまえばいい。そんなことを願うくせに、ドアを開けたら歩武がそこにいてくれるという夢を見てしまう。

指輪も、結婚も、自分たちが別れたことさえも嘘だといって、抱き締めて欲しい。

そんなのありえない……と思いながら、深呼吸をして息を整えると、泣き痕の残る顔で個室を出た。

すると、そこに待っていた男の姿に、京弥は眉間を苦しげに寄せる。

「千里……」

歩武じゃなかった。やはり、彼はいなかった。ショックを隠せなくて顔をくしゃりと歪《ゆが》めれば、年下の男が感情を抑えた声でいう。

「弱いですね、とても。普段の京弥さんとはまるで違う」

きっと幻滅したのだろう。同僚に見られていい姿ではないのに、気を回すことも、プライドを保つことさえできなかった。

我を失くして泣きじゃくった自身を恥じるように顔をそらすと、手が頬に触れてくる。

「けど、そんな弱さもすごく愛しいです」

するりと頬に手を滑らせて、微笑まれる。その微笑と体温に、少しだけ救われる気がした。

「泣くほど、まだ彼のことが好きなんですね」

どう答えるべきかわからないまま、首を小さく縦に振る。すると、よく見ているなと感心させられる千里の言葉がこぼれた。

「ですが、上条さん指輪してましたよね？　結婚されてるんですか？」

搭乗時間が迫っていると促されるままトイレを出て、歩きながらぽつりぽつりと話をした。

「たぶん……」

直接聞いたわけではないが、一年前に聞いた噂と、指輪がなによりの証だろう。

「だったら、別れさせて、奪いますか？」

苦笑で誤魔化しているとはいえ、あまりに突飛《とっぴ》な発言に、京弥は目を見開かずにいられなかった。

「そんなの……駄目に決まってるだろう！」

京弥が黒髪をぱさぱさと振ると、千里も頷く。

「ですよね。じゃあ、京弥さんが一日でも早く彼を忘れられるように、俺が頑張りましょう」

おどけた様子の千里を見て、京弥はようやく微笑うことができた。

「お前も、大概ポジティブだな」

どこまでも前向きな姿勢は、少しだけ歩武と重なる。いつだって前向きな歩武は、二年前に別れるときもそうだった。

『世界のどこにいたって、俺はあんたのもとへ必ず帰ってくる！』

離れ離れになったら付き合っていけないと後ろ向きだった自分に対して、歩武は具体案まで述べてくれた。転勤先から日本までの航路にかかる時間や、一緒に過ごせる時間など、必死に訴えてくれた。三年間の転勤が終わるまでの辛抱だといわれたが、あのときは聞く耳を持てなかった。今になって思えば、本当に馬鹿な癇癪を起こしたものだと思うが、過ぎた日々を返してくれと願ってももう遅い。

「振り返ったとき、後悔はしたくないですからね」

京弥にとっては耳の痛い言葉だ。千里の半分でもポジティブだったら、こんな結果にはなっていなかっただろうかと思って、彼の背を一つ叩く。

「ありがとう。お前がいてくれて、助かった」

ひとりでは立ち直れたかどうかわからないから、素直に感謝を覚えた。

「お役に立てるように、頑張ります」

それは、恋愛相手というより仕事仲間といった言葉に感じられたが、救われたのは本当だ。小さく微笑うと、千里が少しだけ彼らしくない苦笑を交えていってくる。

「ああ……でも、フェアに感じないので、二つだけ伝えておきます」

「ん？」

「一つ目は、先ほどまで、上条さんがいらっしゃったことです。たぶん、仕事の時間だったんでしょうね。時計を確認して出ていかれました」

先ほどというと、トイレにこもって泣いていたときのことだろうか？

泣いているのを知られたと思うだけで、羞恥とも屈辱ともいえない複雑な感情を覚えた。

「それと、二つ目ですが」

「なんだ？」

「その……実は俺、上条さんの存在は知っていました」

「知っていたって……どういうことだ?」

まさか、恋人として付き合っていたことを知っているのだろうかと眉間をひそめれば、千里は京弥の予想していなかった言葉を発してくる。

「空港で見かけたことがあるんです」

「空港?」

決して意外な場所ではない。歩武の職業を考えれば、あれだけ目立つ男なのだから目についてもおかしくない。だが、千里はまるで謎かけのような口調で告げてくる。

「京弥さんと仕事をさせてもらうようになってから、何度か見かけています」

「何度かって……俺と、仕事をしてから?」

意味がわからないという視線を向けると、千里も難しい表情で口を開く。

「たぶん、京弥さんを見ていたんだと思います。隣で歩く俺は、だから上条さんの存在に気づくことができたんでしょうね。一番はじめに気づいたときは、たまたま目が合っただけかな? と思ったんですけど、二度、三度あると、さすがにおかしいな……と。彼は、強烈に存在感のある方ですからね、すごく目立ってました。だから、一度気づいてしまうと、次はすぐに見つけられましたよ」

自分は二年間探し続けても見つけられなかったというのに、この差はいったいなんだというのか、京弥は理不尽なものを感じた。

「まだ俺は、あなたの恋人ではないんで詮索はしませんが、いつか上条さんのことを教えていただけると嬉しいです。ひとまず、隠しておくのはプライドに関わるので、伝えておきます」

さすが、社内一プライドが高いといわれる海外事業部の男だと、軽く称賛を覚える。

しかし、千里の告白を聞いて、京弥がまた思考のループに陥ったのは確かだ。

(俺を見ていた？　いつから？　こちらに気づいていて話しかけなかったのはなぜだ？なのになぜ、突然目の前に現れたりしたんだ？　なぁ……歩武？)

まるでそこに歩武がいるように、今まさに離陸した飛行機を目に映す。

青と白のコントラストが美しい機体は、ジャパン・エアー・インターナショナルのものだ。彼と出会うまで飛行機そのものに特に思い入れはなかったが、歩武が携わっているというだけで愛着を覚えるようになった。人を好きになると価値観まで変わるから不思議なものだと、京弥は同じカラーリングの、違う機体へ搭乗するべく、ゲートをくぐった。

『週末、二人でどこか出かけちゃいますか？』

そう誘ってきた千里に、京弥は苦笑しただけで頷くことができなかった。

歩武と会うことは自分の首を絞めることだと頭ではわかっているのに、心では彼がやってくるのを楽しみにしている。思考と感情が対極にあって、それが心の平穏にはとても悪いと知りながらも、歩武に会いたいという気持ちにやはり嘘はつけない。

そんな気持ちが、また言い訳を綴らせる。

「仕方ないだろう、聞きたいことがあるんだ」

誰に向けるでもない言葉を、ひとりきりの部屋に放つ。その滑稽さに気づきながらも、京弥は感情と理性の狭間を揺れ動くことを止められないでいる。

歩武のことが忘れられないでいるだけではない、以前よりももっと彼を好きになっているのが、自分でもよくわかる。

二年前と変わらないと思っていたのに、ふとした瞬間に見せる仕草や言葉が、京弥をより大きく包み込んでくれるようだ。結婚をして器が大きくなったのか、歩武は以前よりももっといい男になった。

だから、というわけではないと思うけれど、それがさらに彼を恋しく思う原因の一つにはなっていると思う。

歩武のそばにいるだけで落ち着くし、見つめるだけで嬉しくなる。触れ合ったりしたらそれだけで、心と身体はまるで蜂蜜のように蕩けてしまいそうだ。人を信頼することの苦手な自分が、彼だけは信頼し切っていた。

わがままをいったって、言葉のきついことをいったって、彼なら自分をわかってくれて上手くコントロールしてくれることを知っていた。浮気を疑ったことすらないし、自分が愛されてないだなんて思ったこともない。たまに起こるケンカだって、大概自分が意地を張ったために発生するものだ。それだって、わがままをいっても許してくれる相手だと信頼していたのだろう。だから、思ったことを口にできた。

素直ではない性格が、可愛げのある言葉を京弥にほとんど吐かせることはなかったけれど、それでも、その言葉の裏にある想いを歩武は見てくれていたと思う。捨てられると感じたことすらなくて、ずっとあのまま二人でいられると信じて疑わなかった。

なのに、なぜあのときだけは、互いの想いがぶつかり合ってしまったのだろう。自分が素直になれず癇癪をまき散らすのはいつものことでも、あのときだけは歩武も譲ろうとしなかったし、折れようとしなかった。

もしかしたら、転勤の件は歩武にとっても少なからず不安だったのかもしれない。それまでがあまりに幸せだったから、寂しく感じたのかもしれない。パイロットの特権で気軽に帰ってこられるとはいっても、やはり距離と時間の制限はそれまで以上に厳しくなる。

浮気を疑ったのではないだろうし、気持ちが離れると思ったのでもないだろう。実際、自分が彼の浮気や別れを疑って癇癪を起こしたわけではないからだ。

ただ本当に、単純に、寂しいと感じた。

もっとそばにいたいと思っても、パイロットという激務ではそうもいかなかった。それなのに、さらに一緒にいる時間が削られるのかと思ったら、たまらなく寂しく感じたのだ。

それをきちんと言葉にしていたら、互いが納得のできる対策を練れたかもしれない。しかしあのときだけは二人とも意地になってしまって、そして望まなかった結果を迎え、今がある。

もっと素直になっていたらよかった。そうしたら、こんなに悲しむことも、思い悩むこともなかっただろうに……。京弥にとっては今、歩武と会えることを喜ぶ傍らで、彼のパートナーへの謝罪と、それでも彼に会わずにはいられない自分への嫌悪に苛まれている。

自分がもっとも嫌っている『浮気』という二文字が、時おり京弥の脳裏をちらちらとよぎり、断罪を与える隙を狙っているようだった。いずれ大きなしっぺ返しがくる、それを恐れながらも、やはり歩武と会うことをやめようとしない自分に京弥は深い溜息をついた。

「なに、やってるんだ……俺は」

訊きたいことがあるのは本当だけれど、千里から聞いた話の真相を知りたいなら電話でも済むことだ。わかっていても、そうしようと行動に移せない自分が、また疎ましい。

(とにかく、話をするだけ、真実が聞きたいだけなんだ)

千里の話では、空港を利用するたびにいたわけではないらしいが、歩武を何度か見かけたことがあるという。少なくとも、二度以上はバッティングしていたことになるだろう。

こちらの存在に気づかなかったならまだしも、気づいていながら声をかけなかったその理由を知りたい。

「いや……なんで突然声をかけてきたのか……だ」

彼の中に心境の変化があったからこそ、声をかけてきたのだろう。それともやはり、休暇でたまたま訪れたケアンズでの、いい退屈しのぎになると思っただけだろうか。久しぶりに抱いてみたら懐かしくなって、手元に置いておきたくなった……とでもいうのだろうか。

「結婚……上手くいってない……のか？」

口にすると、その言葉には醜悪な感情が伴《ともな》っているような気がして、声にしたことを後悔させられた。

まるでそうであって欲しいと望んでいるようで、自分が汚らわしいもののように感じられる。

だが、そんな醜い感情を抜きにして考えても、歩武の現状にはその言葉が一番しっくりくるような気がした。

結婚生活が上手くいっていないから、昔の恋人が恋しくなった。何度か空港で見かけているうちに昔を思い出して懐かしくなって、たまたまケアンズで出くわして、浮気心で抱いてみたらさらに恋しさが増した。だから別れを告げたにもかかわらず会いにやってきた。

そう筋立てて考えると、歩武の行動も理解できる気がする。家庭不和が、外に発散と癒しを求めさせるのは、京弥も幼いころの父を見てよく知っている。

だからといって、それを自分たちがやり直すきっかけにしていいわけではない。

いまだに会うことを迷う気持ちはあるけれど、真実を確かめたいというのは本心だ。

本当に、連絡はくるのだろうかと携帯に視線を落とす。

シドニーの空港で、自分は手ひどいことをしたはずだ。それに呆れて、飽きて、もう連絡を寄越さない可能性だってある。だが、それだったらトイレまで追いかけてはこないだろうか……と、ひとりでは解決できない問題に頭を悩ませていると、テーブルの上に置いた携帯が突然震えた。

「――ッ！」

携帯の振動は、物思いに耽っていた京弥をひどく驚かせる。

ディスプレイを開くと、そこに『上条歩武』の文字。再会してから歩武とは番号の交換をしていない。なのにその文字が表示されるということは、彼も自分同様に、二年間番号を変えていなかったということだ。

そのことに、胸が熱いと気づいたのは失敗だ。

通話ボタンを押し、「はい」と短く返事をすれば、電話口の相手が『よかった』と吐息するように笑った。

『出てくれないかと思った』

深く安堵をこぼす歩武に、京弥は喜びたい気持ちをぐっとこらえつつ返す。

「日本に着いたのか？」

素っ気ないくらいの声で訊ねると、携帯越しに頷く様子が伝わってきた。

『ああ、十分前に着いたばかりだ』

タラップを降りてすぐに電話をかけてきたのだろうか、移動している様子が窺える。

『あと一時間くらいでそっちに着ける。待ち合わせしないか？』

一分でも早く会いたいといいたげな声に、先ほどからうるさく高鳴っている鼓動が一層激しく波打った。

「あ、ああ……どこで待てばいい？」

『だったら、東京駅で。タクシーよりも電車の方が確実だからな』

改札で待てばすれ違うこともあるまい。もとより目立つ男だ、簡単に見つけられる。

概《おおむ》ねの時間を決めて、待ち合わせを約束した。

電話を切った後でも、京弥の鼓動はとくとくと速い音をたてている。

「真相を、聞くだけ」

そのついでにレストランで食事をして、必要であれば酒に付き合ってもいい。だが、決して身体を繋いではいけないと自身にいい聞かせて、歩武と会う目的を復唱する。

抱かれることが目的じゃない。やり直すことが目的じゃない。

そういい聞かせて、京弥はふっと自嘲した。

「やり直すつもりがないなら、訊ねる必要だってないじゃないか……」

会うきっかけがなくなってしまう答えをこぼして、京弥はソファに身体を沈めると深く溜息を吐く。さすがに、心を偽るのにも限界がある。

「嘘だ……抱かれたいに決まってるだろう……」

いくら言葉を繰り返したって、気持ちは一つも変わらない。再会したときのまま、いや、二年前からずっと気持ちは変わっていない。

愛していると伝えたい。

想いを伝えて、謝罪をして、やり直したいとすがってしまいたかった。

他に相手のいる男にそんなことをしてはいけないと思ったからこそ、ここまで我慢してきたけれど、積もる雪のように重なっていった想いは、鬱積が溜まって今にも雪崩《なだれ》を起こしそうだ。

一度、本音を吐き出してもいいだろうか……と、京弥は誰もいない部屋に呟きを落とす。

「歩武……歩武……愛してる……やり直したい……また一緒にいたい……そばにいたい……愛してる……だから……」

抱き締めてくれ……と、最後の一言を口にできないまま、京弥は熱い想いを吐息に変えた。

もう一度だけ、もう一度だけ許してもらえないだろうか？

愛人になるつもりはないし、彼の家庭を壊すつもりもない。だけど、灼熱の太陽にも負けない彼の熱を与えてもらいたいという欲求が、どうしても治まらない。

他人のものに手をつけたいだなんて、自分は本当に醜いと思いながらも、彼への気持ちが止まってくれない。

再会したのは間違いだった……と、噛み合わなくなった二人の歯車が口惜しくてならなかった。

「出会っちゃいけなかったのかもな……歩武……」

答えを得られないと知りながらも、呟かずにはいられない。

彼と再会したときに感じた運命は、ただのまやかしだったのかもしれないと、京弥はきつく締めつけられる心臓に眉間を険しく寄せた。


東京駅丸の内側の改札前には、待ち合わせをしている人々の姿が多く見られる。

会社が丸の内にあることや、出張に出向くため利用するなど、京弥にとっては通い慣れた駅だ。

待つこと、かれこれ二十分。人が入れ替り立ち替り過ぎていく中、腕を組みただ黙って改札を見つめる京弥に、男女問わず人々の好奇心が向けられる。

人の目を引いてくれるらしい容姿のために、興味を持たれることは今に始まった話ではない。ほぼ毎日、社内でも同じような視線に曝されているおかげで、無視を決め込む術は充分に心得ている。

なのに、落ち着かないこの気分は、これから歩武が来るという期待のせいだろうか。そわそわとする気持ちを必死に抑え込むが、時おり肺に溜まった息を深く吐き出してやる。そうしないと、胸がつかえて心臓が止まってしまいそうな息苦しさに襲われた。

(はぁ……早く来い、歩武……)

京弥が吐息するたびに、周囲から感嘆の声をこぼされる。早く落ち着きたいと思いながら、もう一度息をつこうとしたとき、改札に人の波が押し寄せた。

その中にひと際長身の男を見つけて、京弥は息を呑む。

濃紺の制服を着たパイロットが、こちらへと向かってくる。彫りの深い整った容姿と、絶対比を持つ八・五頭身のスタイル。身にまとった色気と、無視のできない存在感は、改札を流れて出て行こうとする者たちでさえ、わざわざ振り返るほどだ。

それまで京弥に好奇心を向けていた者たちも、今では歩武に目を奪われている。これを放っておくヤツはいないなと、京弥は苦笑する。

「悪い、待たせたか？」

目の前にやってきた男が、低い声をやわらげていうから、京弥は微笑した。

「いや、それほど待ってない」

歩武を待つのに二十分なんて、まるで苦にならない。人を待つなんて絶対に嫌だと、遅刻なんて論外と思っていた昔の自分とは違う。そんな自身にも一つ笑って、京弥は移動を促す。

「とりあえず、出よう」

人目を引いてしょうがないと、二人は揃って駅をあとにした。

前もってホテルを予約しておいたらしく、歩くには少しあるそこまでタクシーで移動してチェックインを済ませる。

その際に、こっそりと視線をやった左手には、やはり指輪が光っていた。普段は、こうしていつも着用しているのだろう。

それを目の当たりにすると、やはり鋭いナイフに刺されたような痛みが胸に走る。

どうせなら、会う前に外しておいてくれたらいいのにと、少しばかり恨めしい思いが湧いた。

ロビーで待っていると、シャワーと着替えを終えた歩武が降りてくる。

もう一度左手に視線をやれば、今度はきちんと指輪が外されている。やはり、浮気相手と出かけるときは外すのか……と、胸が苦しくて溜息すらもれなかった。

二人で再びタクシーに乗り、予約を入れてあるという料亭へと向かう。

「お前……俺がこなかったらどうするつもりだったんだ」

都内では名の知れた高級料亭の個室で、並べられた料理を前に京弥は頭を抱える。いったい一席いくらだと無粋をいいたくなるような、高級食材が踊っている。

「こなかったら、迎えに行って引きずってくるさ」

おどけた様子で笑う歩武に、京弥は溜息をこぼした。

「こういうことは、先にいってくれ。そうしたら、服装だってこんなラフなものではこなかった」

薄手のニットに細身のパンツという組み合わせで失敗したという京弥を、歩武は鼻で笑う。

「どうせ、モデルかなにかだと思われてるさ。あんたは、綺麗な顔してるからな」

「馬鹿か、場所に合わせて服装を整えるのはマナーだろう」

「ああ、あんたはそういうと思った。だから教えなかった」

意地悪をしたと、くつくつと喉の奥で声をたてる歩武も、カッターシャツにパンツという出で立ちだ。それを見て、京弥も笑みをこぼす。

「お前は、そういうヤツだよな」

直接訊いたことはないが、彼が型にはまりたがらないのは知っている。それを普通の男が真似ると、途端にだらしなく見えたり、マナーがなってないと感じてしまうのに対して、歩武はまったく無作法を感じさせない。それどころか、逆に通い慣れているからこそできるスタイルだと、周囲をあっさり納得させるような迫力がある。だがそれも、きちんと正さないといけないときを弁《わきま》えてもいるからこそ許される所業だ。そんなところが、中々憎たらしいと笑みが浮かぶ。

「お前、スケジュールはどうなってるんだ?」

料理に箸をつけながら話を振ると、歩武は日本酒をひと口含んでから箸をつける。彼の見た目に似合わぬ綺麗な箸使いは、見ていてとても気持ちがいい。

「今夜はこっちに泊まって、明日の夕方前には成田に戻る」

「週末、ずっといられるわけじゃないのか」

なんだ……と、がっかりした気持ちを咄嗟に隠すことができなかった。だから、それを見た歩武にからかわれてしまうのだ。

「そんな顔してっと、食ってくれっていってるみたいだぜ?」

「ふ……ふざけたことをいうなっ、俺には…………千里が……」

体裁を繕うために、思わず千里の名前を持ち出したが、語尾はほとんど囁きでしかなかった。だが、歩武の耳にはきちんと届いたのだろう、瞳を眇めて途端に不機嫌な表情を浮かばせる。

「京弥、あんた、本当にあいつと付き合ってんのかよ」

問いかけというよりは責めの言葉にも聞こえて、その語気の強さに曖昧に返事をすることしかできない。

「ああ……まぁ……」

嘘をつくたびに罪悪感が募る。恋人ではないのに、歩武に対する裏切りのように感じて、居たたまれない気持ちにもなる。それに、いいように名前を利用させてもらっている千里にも申し訳ない。なんとなく箸を下ろしてしまい、そのまま視線を落とせば、歩武は手酌で酒を呷った。

「俺は、必ずあんたをとり戻す」

そういってまたお猪口《ちょこ》を口に運ぶ姿は、自分自身を発奮させているようにも見えた。

まだ食べ始めたばかりだというのに、なんとなく会話が途切れて、ふいに重い沈黙が落ちる。

どちらともが、いいたいことがあるというように口を閉ざしていた。

千里のいっていた言葉が脳裏をよぎる。思い切って訊ねてしまおうかと口を開きかけたが、こんなときになぜかプライドがぴくりと反応する。

(訊いて、どうする？　俺をなぜ見ていた？　と、訊いて、どうするつもりだ？)

どんな答えが返ってくるかわからない。だが、どんな答えであっても、知ったところでなにも変わりはしない。

まさか、指輪の相手と別れてくれというわけにはいかないだろう。自分が原因で別れたとあっては、きっと後悔するし、プライドも刺激されるし、なにより罪悪感に苛まれて、歩武とは付き合っていけない気がする。

それでは本末転倒もいいところで、なんの意味もなさない。だったらいっそ、訊ねないのが一番だろうかと、下ろしていた箸を再び持ち上げた。

すると、それに合わせたように、歩武も料理を口に運ぶ。結局、互いに言いたいことをいえないままで、他愛無い話題に興じることしかできなかった。

そんな思いをずるずると引きずっていたからだろうか、料亭を出て帰ろうという段になって『もう少し呑もう』と誘われるままに、歩武の宿泊するホテルへとついていってしまった。

きっと彼もなにかいいたいことがあるはずだ。そうでなければ、口を重く閉ざすことのない男だ。

「少し、込み入った話がしたいんだ」

だからゆっくり呑みたいといわれて、どうすべきかを迷いながらも断ることができないまま、歩武の部屋へとついていった。

もしかしたら、今度こそ結婚したことを報告されるのだろうかとも思い、京弥の中にちりりと嫉妬の炎が燻る。

部屋に入ってからも落ち着かなくて、このままなにも聞かないまま帰りたいと気持ちが逸《はや》っていた。

指輪を見てさえ嫉妬に駆られて涙がこぼれたというのに、将来を誓った相手の話など聞かされたら、自分はなにをいい出すかわからない。

嫉妬に狂って喚き散らすなんて無様なことは絶対に嫌だし、涙をこぼすなんてこともしたくない。だからといって、微笑を浮かべて『おめでとう』なんてことをいえる自信は、これっぽっちもない。

(どう……する？　なにか理由をつけて帰るべきか？)

千里を理由にして帰宅するのはどうだろう？　と考え、こんなことなら、食事が終わった時点でさっさと帰ってしまえばよかったと後悔させられる。

飲み直そうと誘われたとき、抱かれることを考えなかったといったら嘘だ。セックスという考えが脳裏をよぎったからこそ、一瞬躊躇った。

それでも、彼に誘われるままついてきた自分は、きっと期待したのだと思う。

雰囲気に流されてしまえば仕方ない。酒が回って帰れなくなったら仕方ない。と、言い訳をたくさん考えていた。

そうすることで、指輪の相手に贖罪を求めたのかもしれない。

部屋に入れば、彼はきっと自分を抱く、そんな確信があった。だからこそ、期待をしてしまう自分が醜いとも思った。歩武の幸せを願いながらも、彼の家庭を壊そうとしている。そんな自分がひどく醜悪に思えてきて、ソファに座る自分がどうにも心苦しい。

しばらく他愛無い話をしていると、歩武が呼んだルームサービスがやってきて、デザートとウィスキーを置いていく。

水割りを作ってくれる歩武からグラスを受けとり、その縁を軽く重ね合わせてチンと音をたてる。

先ほどから引き続いて日常のことや仕事などの卒ない会話が繰り広げられる様子からも、歩武が珍しく話を切り出すタイミングを計っているのがわかった。

いつもはどんなこともさり気なく切り出せる男だというのに、彼にとってはずいぶんと迷いのある言葉だということが窺い知れる。

時間が過ぎていけばいくほど、京弥の胸は重くなっていって、今にも逃げ出したい気持ちが募るばかりだった。

（もう、嫌だ……話すならさっさと話してくれればいいのに……いや、駄目だ……やっぱり嫌だ……話を聞くのだって嫌だ…………帰りたい……帰りたい）

会話も半分にしか聞かず、先ほどから頭の中では『帰りたい』という言葉が叫んでいる。

一層居たたまれないという思いでいると、ふと歩武の話が途切れて沈黙が落ちた。

これが、彼の話すタイミングだと察して、京弥の手がぴくりと震える。

醜態を曝すことだけは絶対に嫌だと、京弥はここにきて自分が本格的に怯え出したのを悟った。

(どうしよう……このままじゃ聞くことに……っ)

すると、歩武の肉欲を誘う唇が小さく開かれる。

「いっておきたいことがあるんだ」

そう切り出した歩武に、京弥は全身で警戒していた。聞きたくない！　と、思わずソファから立ち上がりそうになったときだ。

歩武の唇が『指輪――』と象《かたど》るのと同じくして、携帯の着信音が部屋に響く。

「あ………な……なに……？」

すぐには緊張がほぐれなかったせいだろうか、音がなんであるのかを京弥に認識させなかった。驚いた表情で呟くと、歩武が溜息をつきながらいう。

「あんたの携帯だ」

その声にようやくハッとして、傍らに置かれた上着へと目をやる。

「あ……そ、そうか、すまない」

慌てて謝罪をして、断りを入れてからジャケットを漁る。

なんというタイミングでかかってくるんだと思いつつも、心のどこかで助かったとホッとした。

　鳴り響く携帯に出れば、聞き知った声が飛び込んでくる。

『京弥さん？　藤原です』

「千里……」

　しかも、相手が千里だなんて、本当にすごいタイミングだと思わずにいられない。驚きを浮かべた後でちらりと歩武へ視線を向ければ、これまでの様子とは違って眉間を険しく寄せている。あきらかに気分を害しているその様子に申し訳なく感じたものの、京弥の内心では安堵が広がっていた。悶々と高まっていた気分を、一時でも落ち着かせてくれたのは本当にありがたい。

「どうした？」

　歩武に背を向けるようにして訊ねると、電話の向こうの声が笑う。

『週末は結局どうしたのかな、と気になりまして。……やはり、ご一緒ですよね？』

　京弥のわずかに潜《ひそ》めた声のトーンから察したのだろうか、苦笑してくる千里にやはり苦笑で返す。

「ああ……すまない」

　気遣って週末に誘ってくれた同僚に詫びると、千里は小さく笑っていう。

『いえ……本音は嫉妬してますけどね。けどまぁ、京弥さんが傷ついてくれたらいいかなとも思ってます』

「は……？」

『そうしたら、つけ入る隙ができますから』

「千里……お前……」

あっけらかんという千里に、携帯越しに項垂《うなだ》れると、くすくすと声をたてて笑われる。

『まぁ、今のは冗談にしても、なにかあったらすぐに連絡くださいね？ この週末は空いてるので』

年下で、同僚のわりには好ましい男だと思う。恋愛感情を覚えないことを残念に感じるほど、頼りになる。

「ありがとう……千里」

それを声にして伝えると、短い挨拶を交わして電話を切った。

どうせだったら、このまま千里を言い訳にして帰宅してしまおうか……と、おもしろ味のない待ち受け画像を眺めながら考える。

歩武には悪いが、今ならタイミングがいいと思う。

(また話はあらためて……といって、この場は帰らせてもらった方がいいかもな)

そうしたら、嫉妬に狂って醜態を曝すこともないし、それにセックスをすることもない。

身体は彼を欲しているし、心だって歩武を欲しがっている。けれど、ずるずると続く関係の先に互いの幸せは見えない。

話はもう一度、心をきちんと武装してからあらためてさせてもらおうと、携帯を閉じる。

「歩武、悪いが今夜は――」

これで。と、振り返りながら続けようとした言葉は、歩武からのキスに止められた。

(なに……?)

あまりに唐突だったものだから驚いて、大きく瞳を見開くと、長いまつ毛をぱしぱしとまたたかせる。

すぐに舌が入り込んできて、驚きに固まった京弥の舌を搦めとった。

「……んっ!」

そのときになってようやく状況が摑めた京弥は、ぎゅっと瞳を強く瞑《つむ》ると歩武の肩を押し返す。

キスは思いの外すぐに離れてくれる。だが、代わりに強い腕に抱き上げられるから、さらに慌てふためいた。

「あゆっ、歩武っ⁉」

なに⁉　突然なにが起こった⁉　と、目を白黒とさせる京弥にお構いなしに、抱き上げられた身体はベッドへと放られる。

そこそこ高い位置から降ろされた身体が二度ほどバウンドして、京弥はベッドから転げ落ちそうになる恐怖に身を竦めた。

幸いにも落ちることがなくて助かったと思ったのも束の間、シャツを脱ぎ捨てたらしい男の身体がのしかかってくる。

「歩武っ⁉　なにをっ⁉」

ベッドに降ろされて、上半身裸になった元恋人に組み敷かれて、なにをされるのかがわからないほどのうぶではないが、なにを突然という驚きはさすがにある。すると、それをあえて煽るように歩武が、京弥の細い顎に舌を這わせながらいった。

「こうされて、わからない身体じゃねーだろう？　あんたの淫乱な身体は、いつだって潤いを求めてるんだから」

淫乱と揶揄され、カッとした。まるで歩武以外の男も求めているように聞こえたからだ。

「そこをどけ！　お前ともう寝るつもりはない！」

なんていう侮辱だろうと思った。この二年間をなにも知らないくせに、勝手なことをいうな！　と憤りがあった。

「なにを勘違いしてるのか知らないが、お前はもう俺の恋人じゃないんだ！　都合よくのしかかってくるな！」

こんなことをいうつもりじゃなかったのにと、頭の片隅にある冷静な部分が自身を戒めていたけれど、抗いをゆるめることはできない。ひどい言葉を投げられるくらいなら、千里と呑みにでも行けば良かったと、かすかな後悔すら覚えた。

「さっさとどけ！　俺は千里と――」

付き合ってるんだぞ。といおうとした口は、大きな手に塞《ふさ》がれてしまう。

「千里、千里って、本当にむかつく。こんなに腹立たしいのは、久しぶりだ」

肉食獣のように光る強い眼差しを、嫉妬の色に染めた男が見下ろしていた。

「そんなにあいつが好きなら、助けでも求めろよ」

顎を突き出すようにして歩武が示したのは、京弥の手に握られたままの携帯。

「あいつが好きなら、それくらい抵抗してもおかしくないだろう？」

電話をして助けを求めろという歩武に、京弥はそれまでの憤りが殺《そ》がれたように口を閉ざす。

（好きなら……？　好きなら……確かにそうかもしれないけど……）

千里にそんな感情は持っていない。けれど、本気で抱かれたくないと思っているのなら、それくらいの抵抗は確かにしてもいいかもしれない。

力では歩武に敵わないことは知っている。抱くと決めたら、この男は抵抗も簡単に封じ込めて抱いてくるに違いない。それがわかるからこそ、本当に嫌なら千里に助けを求めるのもありかもしれないが……。

「あいつが年下だから、プライドが邪魔する？　それとも、知られるのが恐い？」

プライドも確かにあるが、それが邪魔をさせているわけではない。知られるのが恐いこともない。きっと、助けを求めれば千里は慌ててやってくるだろうが、それがわかっていて助けを求めないその理由を、歩武は射るほどに強い視線を向けて問うてきた。

「それとも……俺のことが好きだから、助けなんていらない？」

思わず息を呑んだのは、あきらかに間違いだ。

「俺は……今でもあんたが好きだよ……京弥……」

そういって口づけを交わしてくる男に、京弥は瞳を閉じると、手の中の携帯を離した。

こうされることを望んでいたのは、誰でもない自分だ。

歩武に抱いて欲しくて、期待して部屋までついてきた。

いけないことだと頭ではわかっている。けれど、心がどうしてもそれについていかない。

次第に深くなっていくキスに、京弥は歩武の首へと腕を回すと、自ら彼の唇を求めた。

「はぁっ……歩武……」

息継ぎの最中に名前をこぼすと、性欲を煽る唇が京弥の首筋へと這っていく。

指輪の外されている左手がニットの中に入り込んできて、薄い胸板を飾る小さな飾りを探りあてる。

指の腹で潰すようにして愛撫をされれば、ささやかにも立ち上がる。そこを今度は親指と中指でつまみ、こねるようにして弄んでくるから京弥は喘ぎをこぼした。

「あっ、んっ」

ぴくん、ぴくんと、反応してしまう身体に、まるで気をよくしたようにキスがいくつも落とされる。

V字に開いた首元から覗く鎖骨を強く吸われて、所有印を刻まれたのがわかった。

スーツで隠れる場所にしか痕跡を残さないよう配慮をしてくれるものの、包容力と理解力に長けたこの男が、意外にも独占欲の強いことを京弥は身を以って知っている。それゆえに歩武はキスマークを残すことが好きだ。

ニットから袖を抜かれて脱がされると、パンツや下着まで丁寧に脱がしてくる。その丁寧さが、抵抗する力を許しているのだと知って、京弥は切なく眉を寄せた。

抵抗しない自分の気持ちを、さらに認識させるための行動だとでもいうように、まどろっこしい手つきに気持ちばかりが逸っていく。

衣服を剝ぐときに協力してしまう身体の意味を、歩武は一つ一つ確認しているような気がした。

それが恥ずかしくもあれば、情けない気持ちにもさせられる。

(いけないって思ってたのにな……)

歩武に求められたら断れないのは、自覚していた。

酒に酔ったわけでもなく、強引にされているわけでもないから、期待とともに罪悪感が募っていく。

この申し訳なさがなければ、もっと素直に感じられただろう。早く、なにも考えられなくなるくらい翻弄して欲しいとさえ思った。

「あいつの痕はねーんだな」

全裸にさせられた身体の、肌の上に歩武は指を滑らせていく。

日に焼けていない白い肌には、染みの一点もない。歩武と最後に関係したときの痕は、すでにもう消えている。

「あいつと、セックスはまだか？」

言葉一つにまでも嫉妬を浮かべる男に、京弥は顔を背けながら小さく答えた。

「そんな……簡単にはいかない」

歩武以外の男とだなんて、と、京弥はそう呟いたつもりだったのだが、どうやら同じ意味にはとられなかったらしい。

「俺とはすぐにセックスしたのに？　そんなに、あいつは特別か？」

特別？　と返したかったが、誤解しているならそれでもいいと、京弥は言葉を返さなかった。

「なに、ガキみたいなことしてんだよ」

子供みたいとはどういうことかと考え浮かんだのは、身体から始まる関係ではなく、手を繋ぐことから始まる拙《つたな》い関係だ。

「京弥らしくないな。俺のときは、誘ったら簡単に足開いたくせに」

蔑まれているというのに、なぜか歩武の心の慟哭《どうこく》が聞こえてくるような気がした。

――――なんで俺のときと違うんだ！

そんな叫び声が聞こえてきそうだった。

（そうか……歩武には、千里が特別に見えるのか……）

確かにここ最近では特別な同僚かもしれない。あくまでも同僚でしかなかったのに、歩武の目にはそう映らないのだろう。

付き合っているとついた嘘が、思った以上に彼にショックを与えたのかもしれない。この誤解が嫉妬からくるものかどうかはわからないが、それを解こうとはやはり思えなかった。

（歩武にはもう……誓った相手がいるんだ……）

指輪の存在は、京弥にとって大きなしこりだ。今だって、そこから痛みが発せられて心を苛んでいる。

浮気、浮気なんだ、これは。と、先ほどからちくちくと京弥を責めてくる。

早く頭の中が真っ白になればいい。そうすればきっと、一時でもお互いの幸せが繋がるような気がした。

「なぁ……あんた本当にあいつが――」

「――歩武」

いいかけた言葉を遮るように名前を呼んで、ブラックオニキスを映し込んだような綺麗な瞳で見つめる。

「やらないなら、帰らせてくれ」

本心でもあり偽りでもある言葉を吐くと、歩武の瞳が一瞬驚いたように見開かれて、すぐに悔しげにきつく眇められた。

「やるに決まってるだろう」

低く呻くように呟かれた声が、少しだけ恐ろしいように感じる。

どれだけ乱暴で強引に扱われるのだろうと覚悟した。正直な気持ちを伝えられない自分だけがいけないとは思わないけれど、浮気を促す自分はあきらかに悪いとわかっているから、歩武の責めを甘んじて受けようと思う。

できればきちんと愛し合いたい。好きだといって、愛し合いたいと思う京弥の肌を、歩武の唇が滑る。

「んっ」

短くこぼした声の中には、多少といわず怯えが交じっていた。乱暴されることが恐いというよりは、歩武から憎しみをぶつけられることが恐かったのだと思う。だから、身体も先ほどと違って強張っていたはずだ。すると、まるでそれを察したように、歩武が動きをぴたりと止める。

「前みたいな乱暴は、しねーよ」

ケアンズでの夜のことをいっているのだろう。慣らしもせずに強引に入ってきたことを詫びるような手で髪を梳き、切ない声で囁いてくる。

「だから……今だけでいい……今夜は、俺の恋人でいてくれ」

昔のように……という歩武に、胸が苦しくて危うく涙がこぼれ落ちるかと思った。それをぐっと耐えて、短く了承する。

「今だけ……なら」

その言葉を綴るのが精一杯だった。

今だけ、お互いにすべてを忘れて昔のように抱き合いたいと、歩武の腕に身をゆだねた。


散々慣らされた下肢に、先走りで濡れた歩武のものが入り込んでくる。

「はぁっ……あっ、あゆ……むっ」

狭い内部を押し広げていく男根は、ゆっくりと奥へと進んでいき、徐々に京弥の内部を圧迫していった。

「んあっ……はぁっ」

慎重なくらい緩慢な動きで沈められていく昂ぶりは、快楽に浮かされた京弥にもその形をリアルに教える。

大きな亀頭が、京弥の媚肉を少しずつ押し広げていく。くびれた部分から続く長い竿には、太い筋がいくつも浮いている。体内のやわい肉はそれを敏感に感じとり、擦りつけられるたびにビクビクと収縮した。

「京弥の中が、すげー悦《よろこ》んでるぜ」

否定できないことは自分でもわかっていたが、認めることなど京弥にはできない。

「うる、さいっ……無駄口を叩く……あっ、あゆ、む」

京弥が悪態をついたが、それを止めるように身体が揺すられる。

「ああ……いいぜ……京弥……あんたの中は、すげー気持ちがいい……」

「あっ、はぁ……っあ、歩武……歩武……」

揺すり上げてくる男の名前を何度も呼ぶと、その声に煽られるように律動は激しさを増していった。

ベッドの軋《きし》む音と、肌を打つ音、喘ぎ声が占める部屋に、卑猥な水音が増していく。

粘液が絡み合うぐぢゅっとした音が遠慮なく耳に入ってきて、京弥をさらに昂ぶらせた。

「歩武……もっと……」

快楽を貪るように、歩武の背に爪を立てると、上半身を抱き上げられるようにして持ち上げられる。正常位から座位にさせられ、そのまま騎乗位へと変えさせられた。

雄を根元まで飲み込まされた京弥は、上体を反らすようにして喘いだ。

「あ、んっ……ふか……いっ」

そのまま下から突き上げられると、上半身が頼りなげに揺れる。それを支えるように、白く細い手を歩武の胸の上に置く。

腰を摑んで動きを速めてくる彼に合わせるようにして、京弥自ら腰を揺らす。

「京弥、あんた、今すげーいやらしい顔してる」

はぁ……と熱く吐息しながら、唇を卑下た様子につり上げる歩武を、京弥は潤んだ瞳で見下ろした。

「お前……こそ、そんな顔……する、な」

切なく眉間を寄せていうと、これまで以上に大きく突き上げられる。

「ああっ、歩武……っ」

身体を前に倒すようにして喘ぐと、そのまま力強い腕に抱き締められた。

「すげ……可愛い……本当に……あんた、すげー可愛いよ……」

顔にいくつもキスの雨を降らせてくる歩武に、京弥はくすぐったくて肩を竦める。だが、その様子に煽られでもするのか、秘処に埋まった陰茎がさらに逞しさを増す。

「んんっ」

短く喘ぐと、ぬちゅぬちゅと音をたてて下肢のものを動かされる。

抜けそうなほど手前まで引かれたかと思えば、深いところへと一気に押し入ってくる。

互いの腹の間で主張する京弥のものは、先ほどからたらたらと蜜を滴《したた》らせていた。

「イ……きそ……歩武」

顔だけを上げるようにして喘ぐその唇からも、透明の液体が滴り落ちる。それを歩武の舌が、すくうようにして舐めとった。

「ああ、俺も……イきそうだ」

そういって、どちらからともなく絶頂に向けて動き出すと、歩武の腕が京弥の身体を強く抱いていった。

「好きだ……好きだ……京弥……」

まるでうわ言のように発してきては、何度もキスをねだる。

今だけ恋人という関係に、同じように言葉を返したいという気持ちはあったが、一度でも箍《たが》が外れれば自分が際限もなく彼を求めてしまいそうで、声を飲み込んだ。

歩武もまた、それを強要してくることはなかったから、京弥は声にできない言葉を胸の内で繰り返す。

(好き……好きだ……歩武……愛してる……)

このまま戻れたらいいのに……という思いは、やはり抜けない。

いけないと知りつつも彼を求めてしまう想いに、愛人でもいいだろうか……と、ふと言葉が脳裏をよぎって自嘲を覚える。

(馬鹿な……そんなこと……いいはずがない)

愛人という立場に恨みすらある自分が、その立場を望むとはどういうことだと、自身を戒めた。

「イくぜ……京弥」

歩武の声が息を上げて告げてくるから、京弥は応えるように声を発した。

「いい……もう、こい……歩武……っ」

互いが達する瞬間を求めて、動きを速めていけば、体内の奥をぐっと突かれる。その瞬間に、歩武のものが大きく鼓動して、深いそこへと熱いものが放たれた。

「くっ……きょう……や」

それと同時に、京弥の花芯が白い蜜を噴き上げる。眩暈がしそうなほどの閃光《せんこう》が脳裏を走って、京弥は薄い唇を震わせた。

「はぁっ、あっ、あ、あゆ……むっ」

快感に喘ぐ京弥の唇を、歩武の少し強引なキスが襲う。

仮初《かりそ》めの恋人を演じる二人の夜は、まだこれからだと教えるような口づけだった。

3

日本語ではない言葉が常にどこかしらで飛び交っているオフィスの席で、パソコンを眺めながら京弥はコーヒーを啜った。

二年間、どれだけ探しても見つけられなかった歩武の姿は、彼と関係をするようになってから時おり見かけている。

『いってきます』『おかえり』などといった挨拶を交わすしかない逢瀬《おうせ》であっても、歩武と空港内ですれ違うことはいく度かあった。

これまでは、わざと避けていたのでは？　と疑いたくなるほど、ここ何回か顔を合わせている。

『本気なんですね、上条さん』

大概は一緒に行動する千里が、なんともいえない難しい顔で苦笑を浮かべるのに、京弥はなにも言葉を返すことができない。

このところの歩武は、休暇がとれればすぐさま日本へやってきて、たとえ一時間でも二時間でもいいから会いたいといってくる。

その誘いは確かに嬉しいのだけれど、こんなに自分のもとへ通ってきて、指輪の相手は大丈夫なのだろうか？　と、下世話にも心配を覚えた。

仕事には影響しないように、きちんと時間の分別はつけているようだけれど、寝る間も惜しんで会いにきているようなこの頻度は心配になってくる。

一年間、一緒に暮らしていたからこそよくわかる。『移動中に寝てる』と歩武は笑うけれど、身体が休まっているとは思えない。

それに、たとえ仕事に影響がなくとも、家庭には確実に影響していることだろう。

まるで離れていた二年間をとり戻すようでもあれば、千里の存在を牽制しているようでもある行動に、京弥はたまにひどく罪悪感を覚えた。

（いつまでこんなこと続けるんだ……）

家庭不和という単語が浮かんだが、その原因の一端を担っているのは、まぎれもなく自分だ。

人の家庭を壊そうとしているということが、なにより心苦しい。

もうやめなくては……という思いは、常に頭の中にあるが、自分からは断ち切れない。

たまに頻繁すぎるくらい会いにくる歩武を見ていると、罪悪感で押し潰されそうだった。

なにもかもを投げ出してしまいたいという思いに駆られるときもある。

来週だって、設計士のいるシドニーへ打ち合わせに出かけると知って、時間が合いそうだから食事をしたいといってきた。

彼がフライトから帰る時間と、京弥が出国する時間がほぼ重なっているということで、約束した。

食事くらいなら……と思うものの、だからといって愛人というレッテルが剝がれるわけではない。

彼の家庭が崩壊する前にこの関係を必ず、清算しなければと思っているのに、中々そのきっかけが摑めないのが現状だ。

（なんて醜いんだ……最悪だな……）

そんなことを思っていた歩武に、千里が声をかけてくる。

「京弥さん？　聞いてました？」

ハッとして顔を上げると、年下の同僚の顔に苦笑が浮かんでいた。

「すまない……ボーっとしていた」

それに、「みたいですね」といって笑いながら、もう一度説明をしてくれる。

「ロバート氏から連絡がありまして、来週の打ち合わせの予定を二日ずらしてくれないかといわれました」

「二日？」

「ええ、一応チケットの手配もありますし、また連絡するといってあります」

どうしますか？　と訊ねてくる千里に、京弥はスケジュールを確認した。予定では日曜日夜の便でこちらを発って、シドニーには月曜日の朝に着く予定でいる。その夜はホテルに泊まり、翌日打ち合わせを行ったそのまた翌日、水曜日の夜にあちらを発つことになっていた。

打ち合わせを変更すると、木曜日が打ち合わせになる。

「スケジュール的には問題ないが……ひとまず、チケットの変更ができるかどうか確認してもらってくれ」

「はい」と返事をして、千里は事業部内の事務全般を担当する女性陣のもとへと足を運んだ。

チケットの変更次第だが、もしかしたら予定よりも多く歩武と会えるかもしれないと、まで考えて、京弥は溜息をこぼした。

（シドニーには、あいつの家庭があるんだ……俺と会っていいはずがないだろう……）

なにを浮かれたことを考えているんだと自身を叱咤し、頭を切り替えるつもりでコーヒーをひと口飲んでから、書類に向かう。

料理の企画案やらコスチューム案など、意見が多く出された中で概算を見積もらなければならない。やることならたくさんある。

高級リゾートホテルを謳《うた》うだけあって、内部のレストランにも予算はそれなりに出してもらえるが、普通に見積もっていくと必ずもう少し締めろといわれるから、どこかで採算をとらないとならない。さてどこを詰めようか……なんて考えていると、千里が席に戻ってきた。

「シドニー行きのチケットですが、他社の航空会社でしたら空きがあるそうなので、そちらにしてもらいました」

寄越してきたプリントには、飛行機の予約時間が書かれている。

火曜日の夜に発って、水曜日の朝に到着。そのまま一泊して、木曜日に打ち合わせ。その晩に出国という予定になった。

「少し強行なんですが、これしか空きがなかったもので」

千里が小さく溜息をこぼすけれど、この部署にいる限り、そんなことは結構あるものだ。

「まぁ、一泊できるだけでもありがたいと思った方がいいな」

「そうですね。では、これでホテルの方も予約し直してもらってきます」

再び千里が席を離れるのに合わせて、京弥も席を立つ。上司に日程変更の報告をし、席に戻ってから歩武への連絡をどうすべきか迷った。

待ち合わせ時間に問題はない。せっかくだから夕飯を一緒にとりたいが、彼の住居があるシドニー市内で会うのは憚かられる。

（日程が変更になったことは、連絡しなくてもいいよな？）

たぶん待ち合わせ時間にきちんと会えるかどうかの連絡は来るだろうから、そのときに頷くだけで事は足りるはずだ。

日程や航空会社が変わったことは、あえていう必要はないだろう。会えることを嬉しく感じながらも、京弥は少しばかり気分が重かった。

千里とともにシドニーに着いたのは、まだ朝の早い時間だ。時間をつぶして夜になるのを待ち、空港に足を運ぶ。

「お前は、ゆっくり休んでていいんだぞ？」

一緒に来る必要はないといったが、千里はついてきた。

「どうせだったら、ご一緒させてください」

千里の存在が邪魔のような、ストッパーとしてありがたいような、といった複雑な気分だ。

千里との話はいつものように仕事の内容ばかりで、時おり自分たちが飛んだことのある各国の料理や慣習などについて語ったりし、時間を過ごす。

もうそろそろ到着の予定だろうか……と腕時計を確認すると、千里が声をかけてくる。

「どうせなら、展望ブリッジにでも行ってみますか？」

降り立つのを見るのもいいだろうといってくる千里に、そういう待ちわびている感のある行動は趣味じゃないといったが、強引に連れ出される。

展望台は思ったほど大きくはないが、髪を揺らす風と外の空気は、空港施設内にいた身体にはとても心地好い。

柵に腕を預けるようにして、着陸する機体を眺める千里の隣で、京弥も滑走路に轟音《ごうおん》を響かせて止まる様子を眺める。

飛行機を多く利用していて今さら思うのもなんだが、こうしてあらためて見ていると、あの巨体がよく空を飛ぶものだと思わされる。

「すごいですよね、飛行機って、世界のどこへでも飛んでいける。男って、一度はパイロットになる夢を抱いたりしますよね」

確かに、幼いころに一度くらいはパイロットになりたいと思うものだ。雄大な大空を特等席から眺めたら、きっととても美しいに違いない。歩武も、コックピットから見る風景が好きだといっていた。

子供のころに抱いた夢を実際に叶えられる人間は、そう多くないと京弥は思っている。大人になるにつれて現実がわかってくると、できることとできないことの分別がついて、夢を諦めてしまう。今の仕事に不満があるわけではないし、むしろやりがいがあって好きだけれど、子供のころに願った夢とはやはり違う。だからこそ、それを叶えてしまえる歩武が京弥にはとても眩しく映る。もしかしたら、千里の目にも同じように映っているのかもしれないと思うと、なぜか京弥は誇らしく感じた。

　そんな、歩武を誇らしく思う京弥の気持ちを感じとったかのように、千里は言い訳ともとれる言葉を発してくる。

「けど、パイロットって激務っていいますもんね。今じゃ、普通のサラリーマンでよかったかなって思いますよ。だって、恋人と会う時間だって少なくなるでしょう？　俺だったら耐えられないなぁ、好きな人と長時間離れないとならない職業なんて」

　千里の最後のセリフはもっともだと思う。それを寂しいと感じたからこそ、歩武と別れてしまったのだから。歩武が電車に乗って毎日同じ会社へ通うようなサラリーマンだったら、寂しいなんて思うことはなかったのだろうか。もしかしたら、そうだったかもしれない……と思うものの、それでは彼らしくないな、と苦笑する。

　歩武には、自由な蒼穹《そうきゅう》こそが似合う。あの空を飛ぶことができるからこそ彼の瞳はいつだって綺麗で、広い心を持っていられるのだ。そして、そんな歩武だからこそ自分も惹かれたのだと、京弥は微笑う。

「いいんだよ、歩武はあれで。あいつには、パイロットが一番似合ってる」

　会える時間が少なくなることを寂しく思ってケンカしたあのときも、彼にパイロットをやめろとは一言もいわなかった。もちろん、そんなことをいっていいはずがないのはわかっているが、売り言葉に買い言葉ということわざがあっても、それだけはいわなかった。

（いわなかったというより、思いつきもしなかったな……あいつがパイロットじゃなくなるなんて）

そんな自分が、なんだか笑える。それを千里が訝しげに訊ねてくる。

「なんです？」

「いや、歩武はすごいヤツだなって」

口にしたらまたおかしくなってきて、自分でも珍しく思うくらい、くすくすと笑い声がこぼれてしまう。歩武のことを考えると、なんて幸せな気分になるんだろうと、京弥がゆるく握った拳を唇に宛がって笑えば、傍らの千里が少しおもしろくなさそうに「そうですか？」といった。

そんな千里の、どこか子供っぽい口調をさらに笑い、そして口元に笑みを残しつつ京弥は空を見上げる。

明かりを点した機体が、夜の空を旋回していた。

「歩武」

無意識に名前がこぼれて、また胸の奥がじんわりと熱くなる。こんなにも愛してる、と京弥は今まさに地上へ戻ってこようとしている男の姿を思い描いて、胸の内に呟く。

(早く戻ってこい……歩武……)

歩武の乗った機体が、そろそろ到着する予定の時刻だ。

きっと今、頭上を舞う機体に間違いないだろう。

空を仰ぎ、今か今かと帰ってくることを待ちわびる。また会えることへの歓びに胸が高鳴る想いで見上げていたけれど、思った以上に時間がかかっているようで中々降りてこない。

すると、傍らの千里が怪訝そうな声をあげる。

「なんか、あれ……車輪が片方出てないですよね？」

目をこらしてよくよく見れば、確かに着陸に必要な後輪の片方が出ていない。

「降りるに降りられないんでしょうか？」

千里も心配そうに空を眺めていて、展望台にいる他の客からも訝しむ声があがり出す。

再び空を見上げれば、いまだに飛行機は旋回している。視線を滑走路脇に移せば、双眼鏡片手に目視する従業員がいる。整備の者たちも総出といった感じで格納庫から出てきて、上空を見上げていた。

途端に、ドキリと鼓動が不穏な音をたてる。

「え……どうなる……んだ？」

多少震えた声で呟くと、千里がいまだ心配そうに空を見上げながら返してくる。

「たぶん……タッチアンドゴーかなにかで、一度車輪が出るかどうかを確かめると思うんですけど……」

自信はないといいたげな声でいった後で、千里が「あ」と短く発する。

「降りてきますよ！」

その声に弾かれるように視線を空へと上げれば、旋回していた機体が滑走路を目指して降下してきた。

「嘘……だろ……？」

車輪はいまだに出ていないけれど、高度を下げて機体が近づいてくる。

ドクン、ドクン、と不安な鼓動が胸を激しく叩いていた。

片輪のままで降りてきた機体に息を呑む。京弥が身を乗り出してその様子を見ていると、ガンッ！　と派手な音をたてて飛行機はまた空へと飛び立っていく。

タッチアンドゴーといわれる手法で車輪が降りるかどうかを確かめたのだろう。再び夜空へと戻っていく機体から、一時も目を離すことはできなかった。

いつの間にか展望台には人が集まってきていたけれど、それを確認する余裕は京弥にはない。

またも旋回を始めた機体に、誰もが目を向ける。だが、車輪はあいかわらず片方しか出ていないことがシルエットとして浮かびあがる。

するといい、周囲が口々に『無理だ』『胴体着陸だ』といい始めた。

「胴体着陸?」

それがどんなに危険なものか、素人《しろうと》の京弥にだって充分にわかる。一瞬、眩暈を覚えた気がした。

「京弥さん……」

千里もまた不安な表情でこちらを見てくる。

「胴体着陸といっても、ベテランは上手だっていいますし、こういうときは機長が——」

千里が落ち着かせるようにいってくるが、そばから聞こえてきた男たちの声が京弥を一層不安にさせた。

『さっきズームで確認してたけど、機長の姿が見えなかったように思うんだ』

思わずその声に振り返れば、航空マニアなのか、たまたま遭遇した観光客かはわからないが、立派な望遠を取り付けた一眼レフを手にした男が不安そうに喋っている。

距離があるとはいえ、飛行機は目の前で着陸する。機首部分に広がるコックピットの大きな窓には薄っらと明かりが点いていて、肉眼でもなんとなく人影がわかる。立派なカメラを構えた男には、コックピット内の様子が見えたのかもしれない。

そのことにひどく不安を煽られた京弥がごくりと唾を飲むと、同じく会話を耳にしていた千里もまた不安そうに見つめてくる。

「歩武……」

歩武の腕を信じていないわけではない。だが、胴体部分での着陸は、腕がいいとか悪いとか以外にも問題がたくさんあるはずだ。

火花が散って燃料に引火するという話だってある。実際、地上では消防車が走り出てきて滑走路脇に待機した。

救急車や乗客を乗せるためのバスなども準備がされ、プロである彼らこそが重大さを認識しているのだろう、万全の準備を整えて配置につく。

空港車両のルーフから上体を覗かせた男が、無線機を片手に合図を送る。すると、管制官から着陸の許可が下りたのか、片側の車輪だけという状態で機体が滑走路目指して降りてくる。

(歩武……歩武……っ!)

ひどい緊張に、今にも倒れそうな気持ちでたまらなかった。身体がガクガクと震えて、フェンスの縁を強く握り締める。

展望台にいる大勢の人々も、息を呑んでその瞬間を見守っていた。

(お願いだっ……どうか無事に歩武を返してくれっ!)

京弥は、ただ無事を祈るしかなかった。

飛行機が、轟音をあげて近づいてくる。先ほどと違って、片輪をそっと地面に接着させると、スピードを殺しながら、慎重に機体を倒していった。

飛行機がありえない傾斜をつけて、アスファルトにガツリと音をたてる。重量のある機体が倒れたにしては、小さな音。

だが、いくらスピードが落ちているといっても地面との接触面からは火花が散る。

尾翼を支えに滑走していく機体を追って、消防車や救急車などが走り出す。放水を受けながら滑る機体は、徐々に動きをゆるめていき、その動きを完全に止めた。

その瞬間、わ……っ!!　とあがる歓声と拍手。それを聞いて、着陸が成功したことを京弥は知った。

「よかったですねっ!　京弥さんっ!」

千里が隣から嬉々と発してくる声すら上手く聞こえないほど、緊張していたのだろう。ガクガクと震える身体が、ここにきて力を失くす。

「きょ、京弥さんっ!?」

足から力が抜けて、その場に座り込んでしまう。それを支えるように千里もしゃがみ込んだが、周囲のことに気を回せる余裕はまだなかった。

「……った……よかった………よかった……」

言葉はそれしか出てこない。自分が泣いていることもわからなかった京弥の頬を、千里のハンカチが撫でるように拭いてくれる。

「大丈夫、上条さんは無事ですよ」

立っていられないばかりか、大人気なく涙をこぼす自分を、情けないと思うことすらできなかった。

周囲から人が減っても、京弥はしばらく立ち上がることさえできないでいた。

どれくらいの時間そうしていたのかはわからない。だが、落ち着いてきたころを見計らって、千里が声をかけてくれる。

「行きましょうか？　上条さんが待ってますよ？」

そういわれて、ようやく現実が戻ってきた気がして顔を上げると、千里が促すように一つ頷く。

「彼も、そろそろ解放されているんじゃないですか？」

千里の言葉を聞いて頷きながら立ち上がると、建物の内部へと戻る。時計を見れば、あれから大分経っている。ずいぶんと長い時間、展望台にいたようだ。

携帯をとり出せば、歩武からの着信が一度あったことを履歴が教える。まるで気づかなかったと思いながら時間を確認すると、一時間近く前のものだった。

伝言が残されているからそれを聞くと、忙しない様子の声が響いてくる。

『京弥、すまない。少しトラブルがあった。もしかしたら、あんたの搭乗時間に間に合わないかもしれない』

そういって、時間を見てまた連絡することを残し、伝言は切れていた。

忙しいその事情はわかる。先ほどから、空港内は胴体着陸の噂でもちきりだ。

けれど、そんな彼らの話題よりも、一刻も早く歩武に会いたくてならなかった。

胸がどきどきとしているのは、先ほどまでの恐怖のせいではない。無事に地上へ戻ってきてくれた歩武と、また会えるのだと思うと嬉しくてならない、そんな高鳴りだ。

そして、すでに京弥がシドニーにはいないだろうと思っているだろう彼を、驚かせてやりたい。

(日程の変更を教えてないから、まだシドニーにいるなんて知ったら驚くだろうな)

連絡をとってぜひとも驚かせてやろうと考えると、胸の奥が熱くなった。

彫りの深い男前に驚愕を浮かべて……そして、どんな顔をしてくれるのだろう。

きっと、姿を見たら喜んでくれるはずだ。もしかしたら、人前だというのに恥ずかしげもなく抱き締めてくるかもしれない。

歩武が無事に地上へ戻ってきてくれた、それだけでもう京弥は安堵と幸福に包まれていた。空ではなにが起こるかわからないし、起こったときには助けることすらできない状態だ。今日のようなことがあったりすると心配だし不安は尽きないけれど、だからといってやはり歩武にパイロットをやめてくれとは思わない。彼は必ず戻る、歩武は必ず自分のもとへ帰ってきてくれる、そんな気分を京弥に感じさせてくれた。

だけど、広い空のこと、確かになにがあるかは誰にもわからない。そんな不安を目の当たりにして感じたのは、決して後悔するような真似をしてはいけないということだ。なにかあってからでは、伝えたくとも伝えられない、今日のことはそんな気持ちまで京弥に教えていた。

だからこそ思える。後悔しないように、この気持ちをきちんと伝えよう……と。

（一言……そう、一言いえばいいだけだ、『お前が今でも好きだ』って）

たとえよりは戻せなくても、それでいいと思った。声にしなければ伝わらないことなんてたくさんあって、もちろん声にしてはいけないこともあって、自分のこの想いはその『声にしてはならない』側のものだろうということも頭の中ではわかっている。けれど、あのとき伝えておけばよかった……という後悔だけはしたくない。二年前のあのときだって、寂しい想いを声にしておけば後悔することはなかった。それも知っているからこそ、伝えようという決心がついた。告白を聞いた後で、歩武がどう判断するかは彼次第だ。家庭を守るならそれでもいい、よりを戻してくれるならそれは嬉しい。もし、浮気という愚かな行為であっても、彼がそう決めるなら自分はそれからまた考えようと思った。なんにしても、まずは伝えることだと、京弥は胸の奥が熱くなる想いで携帯を握り直す。

「すまない千里、歩武に一度連絡を――」

たぶん、歩武が無事だったことに、相当浮かれていたのだと思う。だから、人ごみの中に彼の姿を見たとき、一瞬その光景に目を疑った。

「京弥さん?」

名前を呼びながら同じように視線を向けた千里が、気まずい声を短くこぼす。

それも当然だろう。そこには、ブロンドのキャビンアテンダントが、歩武とキスをしている姿があったからだ。

(嘘だ……………歩武……?)

遠目にも美人とわかる女性は、歩武の胸に手を添えて身体を寄せている。挨拶というには長いキスを交わす彼らの指に、お互いに銀色の指輪がはめられているのを京弥は見つけた。さすがに細工まではわからないが、彼らは確かに夫婦といってもおかしくないように思えた。

あれが、奥さん……?　と、京弥は愕然とした思いがする。

たった今まで、歩武が無事に帰ってきてくれたことを喜んでいた心が、一気に凍りついたように感じられた。

きっと、京弥がもう出国していると思って油断していたのだろう。人目も憚らずにキスをする二人、特に女性の方は、歩武にあきらかな好意を持っているように見える。だが、夫婦というならそれも当然だろう。

キスを終えた二人は、いくつか言葉を交わした後で、互いに違う方向へと歩いていく。

これから仕事に向かう者、仕事を終えて帰ってきた者といった彼らは、パイロットとキャビンアテンダントの夫婦に見えた。

（あれが……指輪の相手……）

それを認めると、どきりと心臓が大きく鐘を鳴らした後で、京弥はいい表わしようのない嫉妬に襲われた。

歩武が携帯を取り出したのを見て、京弥は慌てて携帯の電源を落とす。

「京弥さん、それは……っ」

止めに入った千里に、京弥は首を振る。

「……いい。今は、会いたくない！」

今会ったらなにをいうかわからない。ほとほと自分は嫉妬深いと、京弥は眉間を押さえた。

「出よう、千里」

電話をかける仕草の歩武を目のはしに見て、京弥は千里を急かすと空港を足早に出る。

きっと歩武のことだから、もういないと思っていても、空港内を歩き回りながら繋がらない携帯をかけ続けているに違いない。

そんな彼を思うと、自分のとった行動の幼稚さに、情けない気持ちや蔑む気持ちが湧いてきて目頭に熱を覚えるが、この醜い嫉妬は自分でもどうにも抑えきれない。

（俺がいないからって……だからって……）

あんなにも堂々とキスをすることはないじゃないかと思ったけれど、そう思う自分こそが間違っているのだと、京弥は自身を責めた。

顔をうつむけて唇を噛み必死にこらえたが、涙がぽろぽろと落ちてきて仕方がない。

情けないと思いながらも、妬ましくて、悔しくてならなかった。

（嫌だ……っ、嫌だ……っ）

早くにきちんと終わらせておかないから、だからこんな思いをするんだと、激しく後悔させられる。

京弥は唇がぷつりと切れ、舌に血の味が交じっても噛み締めずにはいられなかった。

それにしばらくなにもいわずにいてくれた千里が、声をこぼす。

「差し出がましいようですが、きちんと確認された方がいいと思います。誤解ということもありますし……」

確かに、結婚指輪なんてどれもこれも似たりよったりだろう。これが、仕事の書類かなにかならば、絶対に放置などせずきちんと確認をする。なのに、そんな自分は、歩武のことになると途端に後ろ向きになって、すぐに背を向けてしまう。

「誤解なんて……見たままだろ……」

語尾をつまらせながらいうと、千里はやはり短く告げる。

「見たものがすべてとは、限らないですよ」

そうかもしれないが、確認する勇気は出ない。歩武のことになると、いつだって自分は冷静ではいられない。

こんな自分は嫌だ！　こんなみっともない自分は嫌だ！　と、繰り返すが、その夜京弥は携帯の電源を入れることはなかった。


京弥が携帯の電源を入れ直したのは、シドニーを発つ夜のことだった。

完全に電源を落としていたそれが、仕事にも使うものだったと気づいたのは、会社から千里の携帯に連絡があったと、報告を受けたときだ。ビジネスマンとしての常識を欠いたその行動を恥じた京弥だけれど、千里は会社側にも、京弥にも、最良な対応をしてくれていた。

『京弥さんの携帯は壊れたって伝えてあります。会社からの連絡は、すべて俺の携帯を鳴らしてもらうようにいっておきました』

気をつかわせて申し訳ないという気持ちと、先輩として情けないという気持ちに、さらに歩武への感情もあいまって、『すまない……』と短い謝罪をすることしかできなかった。

そして、ようやく電源を入れ直した携帯が知らせる着信の履歴欄に、ずらりと並んだ歩武の名前を見て、驚きを隠せない。歩武とは、ほとんど入れ替わりで出立だった予定の変更を伝えていないにもかかわらず、まるでこちらが地上にいることを知っているかのような量の通信記録だ。着信だけではない、メールもそれと同じくらい多く送信されている。どうしても連絡をとりたいというその想いが伝わってきて、京弥の胸はつきりと痛んだ。いったいどれだけ自分への連絡に時間を費やしたことだろう。まさか、一日中かけ続けていたのだろうかと確認をしていると、手の中のものが新たな着信を知らせる。

そこに表示されたのは、やはりというべき相手の名前だ。

「歩武……」

出るべきか出ないべきかを迷ったけれど、せめて最後くらいはきちんと伝えておこうと、京弥は通話ボタンを押す。

そして京弥が返事をする前に、歩武の声が電話口で叫んだ。

『京弥っ！　あんた無事なのか⁉　なんかあったとかじゃねーだろうなっ⁉』

電話が繋がった途端にまくしたててくる歩武は、どうやら自分が事故や病気にでもあったのではなかろうかと心配していたようだと気づいて、京弥の胸がさらに痛みを訴えた。

「いや……無事だ」

短く答えると、歩武から盛大な安堵の吐息がこぼされる。

『無事なんだな？　本当に、なにもねーんだな？』

重ねて確認してくる歩武は、およそ普段の彼らしからぬ情けない声音だった。

「なにもない、なにもないんだ」

心配させてしまったのは申し訳ないと思ったが、おかげで昨晩はゆっくりと彼と自分の関係について考えることができた。

自分たちが再会したままでは、きっと悪くなかったはずだ。ただ、お互いに身体を求め合ったところからが間違っていたと、京弥は感じている。

誓った相手がいるのに手を出してきた歩武も悪いし、結婚を知らなかったとはいえ、婚約の噂を耳にしていて、確認もせず受け入れた自分も悪い。その後もずるずると関係したことは、二人とも悪かった。

こんな関係を、あのブロンドの女性が知ったらひどく悲しむに違いない。

人の家庭を壊すのだけは、やはり嫌だ。今さらだが、勢いに任せて告白しなくてよかったと思った。たとえ歩武が『パートナーとは別に付き合いたい』といったとしても、やはり人の家庭を乱すようなことがあっていいはずない。自分が嫌な目に遭ったからこそ、その気持ちがよくわかる。それでも、これだけは伝えておきたい。

「胴体着陸、見事だった。おめでとう」

『え？　ああ……搭乗者には心配かけたけど、機長が心臓発作起こして急を要してたんだ。おかげで機長も一命をとりとめたよ。みんな無事でよかった』

自身を誇るよりも、人命を守れたことへの喜びを口にする歩武を、京弥は『彼らしい』と思う。そして、そんな彼を愛した自分こそが誇らしく感じられた。

『なぁ、あんた、今どこにいるんだ?』

それに答えずにいると、歩武は多少慎重な様子で言葉を続けてくる。

『京弥、今回は航空会社が違うんだな。うちのデータに名前がないから、あんたの会社に電話かけて訊いたんだ』

あいかわらず強引な行動力だなと知ったのは、昨日、千里の携帯に本社から電話があったときだ。

『待ち合わせてるのに来なかったってことを伝えたけど、個人の情報だからって、あんたの日程も利用してる航空会社も、あいつの携帯番号も教えてくれなかったよ』

「当然だ、航空会社だけならまだしも、千里の番号は完全に個人情報にひっかかる」

社員が答えるわけがないというと、歩武もまた充分承知の上だと返してきた。

『それでも、待ってなんていられなかったんだ。だから、あいつの携帯を調べてかけてみたけど、一度呼び出し音が鳴ったと思ったら、それきり繋がらなくなった。着信拒否されてるってのはわかったけど、おかげで、あんたが地上にいるってこともわかった』

千里はたぶん見知らぬ番号を見て、歩武からでは?　と疑ったことだろう。直接それを本人から聞いてはいないが、京弥が歩武からの連絡を拒否しているのに、自分が出るべきではないと彼は思ったに違いない。

そんな千里への連絡が一度きりとはいえ通じたことで、行動をともにする自分もまた地上にいるのだと悟られた。だからこそ、大量の着信履歴なのだと得心する。

地上にいるのに連絡がとれない。たぶん、逆の立場だったら同じことをしたかもしれない。待ち合わせをしている相手がこなくて、しかも一度電話を鳴らした後は、それっきり電源が入らない状態にあれば、事故か事件かと疑ってもおかしくない。

(心配するよな……当然だ)

京弥が彼の行動に納得しつつも、その説明に逡巡し口を閉ざしていると、背後から流れるアナウンスを聴きとったのか、携帯の向こうにいる歩武が驚いたように訊ねてきた。

『あんた……いま空港か?　まさか……まだシドニー?』

さらになんと答えるべきかを迷ったが、ここで嘘をついてもなんの意味もない。

「ああ、これから出国する」

『なっ……だって、京弥……あんた昨日こっちを出るって……』

驚愕を口にしてくる歩武は、喉をつまらせながらいう。そんな彼の驚きぶりを見れないのが、少し残念に思えた。最後くらい、せめて顔を見て挨拶すればよかっただろうか……と傷心が顔を覗かせれば、歩武が慌てて京弥を引き止めた。

『ちょっ、すぐ行く!　だから少し待っててくれっ!』

慌しい様子を窺わせてくる歩武は、今にも通話を切ってしまいそうだった。だから京弥は、間髪容れずに声を発する。

「歩武っ、すまないが、もう搭乗時間も締め切られる。間に合わない」

『京弥っ!!』

嘘ではない、先ほどまでゲート前にいた人々はすでに搭乗を終えている。残すは自分と傍の千里のみだろうか、職員がこちらをちらちらと窺っていた。

これ以上長く話していては未練を引きずるだけだと、京弥は告げる。

「歩武、お前とはもう会わない」

『なに……いってんだよ……』

「お前とは、もう終わりにしたい」

『そ……ちょ、いくらなんでも、唐突すぎだろう』

驚きつつも抗議してくる彼の声は、戸惑いのためかかすれて聞こえた。

勝手に決めてしまって本当にすまないとしかいいようはないけれど、自分がこれ以上醜くなる前に、きちんと終わらせておきたいというのは本心だ。

「すまない…………もう、千里を受け入れてしまったんだ」

きちんと歩武に確認をした方がいいと、千里はあれからも何度かいってくれたが、人の家庭は壊したくないんだといって、頑なに首を縦に振らなかった京弥に彼は折れた。

『もしまた後悔するようなことがあったら、さすがに軽蔑しますよ？』

おどけた様子でいい、そして、どうせなら言い訳に使ってくださいともいってくれた。

そんな千里に目をやり、視線で感謝を伝えると、京弥は愛しい男への決別を口にする。

「だから、もう……会わない」

声が震えないように気をつけながらいうと、歩武が小さく発した。

『あいつが……好きか？　好きだっていうなら、きちんとそういってくれ』

きっと、彼にとってそれは最後の確認なのだろう。こちらの覚悟を、彼も感じとっているはずだ。だからこそ、歩武はきちんと納得のいくように言葉を欲する。

そして、ここで自分が頷けば、歩武はもう追ってこないことを、京弥も感じとっていた。

頷くだけ、頷いて、肯定するだけ。それを自身にいい聞かせて、唇を開く。

「俺、は……」

なのに、いざ口を開くと、喉が渇いて張りついたように言葉が出てこない。

たった一言をいえば終わるのに、『千里が好きだ』というその言葉が口をついて出ない。

この期に及んで……と思うものの、京弥にそれはひどく重い言葉だった。

『京弥』

歩武の優しい声が呼んでくる。初めて本気で愛した男の声。

いつも、この声が包んでくれていたと、二人で過ごした日々が脳裏に浮かぶ。

好きで好きでたまらなくて、自分でもなぜこんなに激しい恋ができたのだろうと不思議に思うくらい、歩武が好きでたまらない。

できることなら、二年前に戻りたい。そうしたら、もっと素直で可愛げのある態度で接しようと思う。たくさんのことを話し合って、お互いに納得する関係を築いていきたいとも思う。しかし、いくら考えたって時間が戻るわけではない。こんな苦しい思いをするくらいなら、二年前に自らプライドをへし折った方がよほど楽だったと、もう何度目かしれない後悔が浮かぶ。

また後悔しないように、大切なことは伝えなければ……と思うけれど、その大切な言葉というのが、『今でも好きだ』という歩武への告白なのか、それとも『千里が好きだ』という決別の言葉なのかが京弥にはわからない。

こんな別れ方はしたくはないが、終わりにした方がいいことは気づいている。だから、終わらせるべき言葉を告げようとしたが、やはり最後まで千里を好きだということだけはいえなかった。

（この言葉は、歩武だけのものだっ！）

本当はプライドにかけて、最後まで嘘を貫き通すべきなのだろう。しかし、これだけはいえない……と、『千里が好き』という言葉に代えて、京弥はぽつりとこぼした。

「すまない……歩武……ごめん……」

この一言があの日きちんといえていたら、自分たちは今も一緒にいられたのだろうか。

繰り返してもせん無いことと知りながら、京弥は告げる。

「歩武……ごめん」

好きの代わりにごめんと綴って、歩武が言葉を返す前に電話を切った。

窓の外に目をやりシドニーの夜空を見上げたが、ひどく滲んでいてよく見えなかった。

4

日本に帰ってきて報告書をまとめたり、企業向けのプレゼンを作成したりと忙しなく手を動かしてはいるものの、頭の中は空に浮いた雲のようにふわふわとしていて、仕事に身が入っていないことが自分でもわかった。

「京弥さん？　京弥さん！」

強く名前を呼ばれてハッとすると、千里が覗き込んでいる。そればかりか、グループの同僚が皆こちらを不思議そうに見つめていた。

「あっ、すまないっ、ぼんやりしていたっ」

あまりに驚いて腰を浮かせ気味に謝罪すれば、千里が困ったように笑う。

「コーヒー、ここに置きますよ？　こぼさないでくださいね？」

「あ、ああ、ありがとう」

机の上に置かれたコップへと手を伸ばしながら、再び腰を落ち着けようとすると、まるでいいつけを守れない子供のように、いわれたそばからコーヒーを倒してしまう。

「あつっ！」

「京弥さんっ!?」

「七瀬っ!?」

心配してくれる声がいくつも飛んでくる。

幸いにも、デスクの上にはほとんどこぼれておらず、フロアのカーペットとスーツを汚すだけで済んだ。

「すまないっ、すぐ拭くから！」

「あ、いいです、俺がやりますから！」

千里が慌てて雑巾をとりに給湯室へと走ってくれるのが、申し訳なくてならなかった。

「七瀬……お前シドニーから帰ってきてから、なんかおかしいぞ？」

向かいの席に座る同僚が呆れた声でいってくるから、京弥もしゅんと肩を落とす。

「悪い……なんだか体調が優れないんだ」

溜息をこぼすと、雑巾を持った千里が帰ってくる。それをもらい受けようとしたが、『大丈夫です』といってこぼれたコーヒーを拭いてくれた。

「いつも冷静な七瀬がねぇ、なにがあったんだろう?」

勘ぐられるセリフに、いつもならぴしゃりとやり返すところだが、言葉が出てこない。俯き、長いまつ毛で視線を覆うと、同僚たちもさすがに揶揄している場合ではないと思ったのだろう、心配そうな声に変わる。

「おいおい、七瀬、お前本当に具合が悪いんだったら無理するな」

任せられる書類はこっちに寄越せと口々にいい始めた同僚たちを、さすがに止めた。

「いや、そこまでじゃ……その、ちょっと………」

いつものように適当ないい訳が出てこなくて声をつまらせると、こぼしたコーヒーをあらかた拭き終えた千里と視線が合う。まるで観察でもするようにジッと見つめてくるその瞳が、心の底を覗こうとしているようで恐くなり、京弥は再び視線を伏せる。歩武が忘れられなくて、あの選択は間違いだっただろうか? と、再び悔いていることを知られたくなかった。

今度後悔したら軽蔑すると、千里はいっていた。おどけた様子で放たれたセリフだったけれど、本気には違いない。だが同僚の視線から逃げたのは、彼に軽蔑されるのが恐いと思ったからではない。千里の瞳に映る自分の姿が、ひどく愚かしくて、やましくて拙いと感じるのが嫌だったからだ。

自身だってまさかまた、後悔するとは思ってなかった。

踏ん切りをつけたつもりでいたのに、まるで吹っ切れない。やはり最後まで嘘をつき通せなかったことが未練を残してしまったのだろうか。いまだに会いたいと思ってしまうこの気持ちを、止める方法がわからない。歩武のことが気になって、こうしてコーヒーまでこぼす始末だ。さぞや、千里の目には、この様子が愚昧に映っていることだろう。それが自身でもわかるから、情けなくて顔を上げられない。

すると、そんなこちらを窺っていた千里の口から、溜息が一つこぼれ落ちる。それは呆れにもとれたが、どこか『仕方ない』といいたげな優しい響きを持っているようにも感じられた。

京弥が瞳を戻すと、眉尻をほんのりと下げて苦笑する千里の顔に出会う。

「京弥さん、シドニーに行って疲れたんじゃないですか？　二日もすれば休日だし、頑張ってください」

そういって雑巾を洗いに行く千里の背中がいつもより小さく感じられた気がして、どうしたのだろう？　と疑問に感じた京弥はスーツの染み抜きをしてくるといい席を離れた。

通路に出て給湯室に向かえば、ざばざばと雑巾を洗う音がする。それを聞いて、顔を覗かせた。

「千里」

「あ、大丈夫でしたか？　コーヒー熱かったから、火傷してないといいですけど」

先ほどの違和感はなんだったのだろうと思うくらい普段と変わらない千里がそこにいて、京弥は気にしすぎたかと思いつつ答える。

「大丈夫、大したことはない。それより……せっかく淹《い》れてくれたのに、すまない」

「ああ、別にいいですよ。コーヒーくらいすぐに淹れ直せますから」

それよりも書類は大丈夫だっただろうか？　という会話をしながら、京弥はハンカチを取り出して水に浸してから、それをスラックスへと押し当てる。どうせコーヒー染みなんて綺麗に抜けないと思い適当に拭きとっていると、千里が呆れた溜息をこぼした。

「駄目ですよ、ちゃんと拭かないと」

そういって京弥の手からハンカチを奪うと、その場にしゃがんでスラックスに宛がってくる。

「おい」

そんなことしなくていいと声をかけたが、千里は気にせずに京弥の太股を押さえながらポンポンと叩いてくる。

「案外ずぼらなんですね」

「…………悪かったな」

どうせずぼらだし、食事も作れないよと、声にしようとしてやめた。

歩武と暮らしていたときは、彼が家事を引き受けてくれていたことをふっと思い出す。

『あんた、本当になにも作れねーんだな』

外食で済ませてきたから必要なかったのだと訴えると、歩武は楽しそうに笑った。

せめて卵の殻くらい割れるようになってくれといって、卵まみれになった京弥の手をおかしそうに洗ってくれたことがある。

楽しかった記憶は、この二年間何度思い出したことだろう。歩武と別れてからまだ一週間程度しか経っていない。それをすぐに忘れろというのは無理な話だろうけれど、いつまで経っても思い出に浸ってしまう自分も、いい加減鬱陶しい。

そんな自身を苦く感じていた京弥に、千里がいってくる。

「週末の夜、一緒に飲みませんか?」

歩武の件では千里に散々迷惑をかけた。酒くらい奢らなければと頷こうとした京弥に、重ねていってくる。

「できれば、部屋に寄らせてもらいたいんですけど?」

プライベートを侵されるのが嫌で、室内には歩武以外を上げたことはない。思わず断りの口を開きかけたが、思いとどまった。

千里のこのセリフが性的な行為を匂わせていることは、さすがに京弥も気がつく。

千里には、とても世話になったと思う感謝はあるけれど、あいかわらず恋愛感情はない。どちらかというと、頼りになる友人、もしくは弟といった感じだ。しかし、告白してきた彼にとって自分という存在は、性的欲求の対象だろう。歩武と別れた今、彼にとってみれば絶好のチャンスというわけだ。感謝に報いるには、一度くらい関係すべきだろうか……と思い悩むも、考えると気が重くて、頷くことも断ることもできない。

「俺、なにか作りますよ」

警戒を解くように笑顔を向けてくる千里に、返せる言葉も微笑もなかった。

どういうつもりか？　などと訊いたが最後、関係を求められそうで口を開けない。

それとも、他の誰かと寝たら、歩武を忘れられるのだろうか？　もしそうだというならば、他の男の肌を試してみるのもいいかもしれないと思わされる。歩武と出会う以前の、『一夜の恋』を楽しむような人間には戻れないかもしれないけれど、千里には恩もあるし、それなりの好意もある。

（一度くらいなら………）

そんなことを虚ろに考えながら、京弥はぽつりと訊ねた。

「料理……できるのか？」

どうしても迷いは抜けない。今ならまだ充分に引き返せると迷走する京弥に、千里は照れくさそうに笑う。

「ええ、拙いですけど。普段が外食なんで、休日は大抵作ります」

歩武と同じだな……と、つい比較してしまう自分を叱咤しつつ、京弥は歩武の影を断ち切るように小さく笑った。

「だったら、帰りに食材を買っていかないとな」

歩武がいなくなってから、冷蔵庫には酒とチョコレートとマヨネーズくらいしか入っていない。そんな京弥に、千里は少しばかり動揺を見せる。

「えっ……あ、じゃあ、あの……帰り一緒に……」

自分から誘ったくせに、了承してもらえると思っていなかったのだろうか、ひどく戸惑った声をあげる。

「なんだ？　どこか店がいいならそっちでも……」

「あ、いえ……っ、あの、お邪魔します」

いいかけた言葉を遮るように言葉を発した千里は、まだ少し戸惑いを残していた。その様子はどこか葛藤しているようにも、誘いを嘆いているようにも映って、京弥の首を捻らせた。


週末という重たい気分に溜息をこぼすと、千里が待ちかねたように嬉々としていう。

「行きましょうか？　すごく楽しみですよ、京弥さんの部屋」

数日前に約束してしまったことを後悔しながらも、残業もそこそこで会社を引きあげて、千里と夕飯の食材を購入してマンションへと戻ってきた。

ドアを開けるとき、やはり迷いはあったが、思い切って鍵を開けて招き入れる。

「うわ……全然キッチンを使ってないって感じですね」

「ああ、ほとんど使ってない」

以前は片付けるのも面倒だったから、物も置かなかった。けれど、歩武が雑誌やらＣＤやらを置くようになって、部屋はどんどん賑《にぎ》やかになっていった。

色味のない無機質な空間が、いつの間にやらカラフルになっていると気づいたときは、なんだか笑ってしまった。

たとえ歩武が仕事でいなくとも、そこかしこに彼の存在があって嬉しかったものだ。

だが、別れたときに憤りのままほとんどの荷物を彼のもとに送ってしまった。まるで厭味のようなその行動も、今は悔いている。

部屋には、歩武が置いていった自由の女神だけが、ぽつんと佇むばかりだ。

「じゃあ、簡単なものですいませんけど、夕飯作っちゃいますね」

「ああ、頼む」

今どきはやはり男も料理ができないと駄目か……と思うものの、手伝うつもりもない自分はほとほと向いていないのだろう。

「悪いが、俺は着替えてくる」

「あ、そういえばスーツ、ちゃんとクリーニングに出しましたか？　染み抜きお願いしないとダメですよ？」

「千里……お前まるで主夫だな」

「あれ？　こういう男は苦手ですか？」

自分では駄目かと訊ねてくるから、京弥は苦笑する。

「悪くないよ」

不器用な自分には、これくらい世話を焼いてくれる男がちょうどいいのだろう。

（案外、歩武と似てるんだな）

社内だけで付き合っていると全然同じところはないと思っていたけれど、意外と類似点があって驚いた。

だからといって、歩武の身代わりにするつもりもないし、彼の代わりなんて誰にもできない。

千里は千里だ、といい聞かせて、京弥は着替えを済ませるとリビングへと戻った。

キッチンで精力的に動き回る千里を目にしてから、ＣＤをかける。

音楽はほとんどクラシックやジャズしかなくて、その中でも適当と思われるものをかけると『京弥さんっぽいですね』といわれた。

なにやら上機嫌の千里を見ているのは、そう悪くない。歩武のことで落ち込んでいた気分が、多少なりと晴れる気がした。

言葉を交わしながらしばらく待っていると、チャーハンやチンジャオロースや春巻などといった中華が並ぶ。

「作ったといっても即席のものばっかりですけど」

春巻は出来合いだし、チンジャオロースも買ったのは野菜だけ。唯一きちんと一から作ったのはチャーハンくらいのものだろうか。

「あと、デザートに杏仁豆腐買ってありますから」

それでも、短時間によく用意したと京弥は笑う。

「よく作ったな。久しぶりだ、家で食べるのは」

箸をとると、千里は満足そうに笑顔を作る。ただの同僚にしては、やはり好感を持っていることを自分に認めながら、京弥は「いただきます」と手をそろえた。

二人の会話は大半が仕事に関するものだ。同じプロジェクトに携わっているのだから、それも仕方のないことだろう。

こうして人と会話をしながら家で夕飯を食べるのは、実に二年ぶりだ。これが歩武だったら……と思わなくはないが、もう終わったことを引きずっていてはいけないと、目の前の千里へと意識を向ける。

食事を済ませてデザートまで済ませると、買ってきたビールを並べたけれど、すぐには飲むことができなかった。

「腹がいっぱいで飲めない……」

胃を休ませるためにしばらく横になりながら、ぽつぽつ言葉を交わしていく。

いくら腹が苦しいからといって、目の前で横になれるくらいには、千里の存在を受け入れているのだろう。

自分の中にどうしても拭えない拒絶があるけれど、酒の勢いと流れに任せれば、行為にも及べるのではなかろうかと思った。

一時間も経てば、胃もずいぶん楽になってビールに手を伸ばすことができる。

横になっていても手を出してこないところを見ると、千里にも葛藤があるのだろう。誘ったはいいものの、今回の件を一番よく知っているからこそ、手を出しにくく感じているのかもしれない。自分から誘うべきだろうかとも思ったが、そこまで心は動いてくれない。

（なにも、今夜じゃなくたっていいよな？）

今回は食事だけ。それも有りだと開き直ったら、少し気持ちが楽になった。

こういうのは自然に任せるのが一番だと思いながら、まるで社内で会話をするように接する。話題はやはり仕事の話ばかりで、時おりケアンズやシドニーの観光名所などを話題にしながら、またさらに一時間ほど経過したころだ。千里がふいに黙り込んだ後で、意を決したように声をかけてきた。

「京弥さん」

ビールから目を上げると、千里が真剣な表情で訊ねてくる。

「上条さんのこと、本当に確認しないでよかったんですか?」

「今さらなにを……」

なにを突然、そして、なにを今さらと、ビールを口に運ぶ。

「歩武との関係は終わったことだ」

吐き捨てるように放つけれど、千里はまるでそれを煽るように続けてくる。

「今なら、まだ間に合います」

「間に合うもなにも、終わったといってるだろう?」

どんな思いで関係を終わらせたか知っているだろうに、なぜ今になって蒸し返すのかと小さな苛立ちを覚えた。

「この話はやめてくれ」

せっかく飲んでいるというのに楽しくないと、口調を強めていう。だが、千里は京弥の望む通りにはしてくれなかった。

「ですが、真実も確かめないで終わらせるのは、どうにも腑《ふ》に落ちません。これでは、京弥さんが一方的に上条さんを振ったことになりませんか?」

「お前が真実を求める必要はないだろう!」

近くで見ていた分、千里にも納得のできない気持ちというのがあってもおかしくはない。

しかし、自分が一方的に歩武を振ったなんて話は、京弥だって納得できない。

「あいつには家庭がある!　俺は愛人になるつもりはない!」

「けど、上条さんから直接それを聞いたわけじゃないし」

「二人はお互いに指輪をしていて、人前でキスしたんだ、それで充分じゃないか!」

「なにか事情があるのかもし――――」

「俺は!　他人の幸せを奪ってまで、自分が幸せになりたいなんて思わないんだよ!」

千里の言葉を遮ってまで放ったセリフは、京弥にとって偽りのない言葉だ。自分のせいで大切な人の家庭が壊れたなんてことになったら、それこそ後悔させられる。

もちろん、指輪やキスをしているからといって、必ずしも幸せとは限らないというのはわかる。けれど、見たものと真実に相違がないのも、きっとかなりショックだ。

歩武が今も自分に愛情を持ってくれているのはわかる。だからとって、家庭を捨てるといわれても嫌だし、愛人関係を築きたいといわれるなんてもっと嫌だ。

「俺は、あいつが幸せでいてくれたら、それでいいんだ」

そんな京弥の言葉を聞いて千里も根負けしたのか、あるいは、これ以上はいっても無駄と判断したのか彼の言葉が止まった。

部屋にはかけっぱなしになっている音楽が低く流れている。どちらともなんとなく口をつぐんだままでいたが、先に声を発したのは千里の方だ。

「だったら、俺が上条さんを忘れさせてあげます」

そういって、ソファから立ち上がると京弥のもとへとやってきて、見下ろしてくる。

やはりそういうつもりだったか……と、身体を抱いてくる千里に、京弥はかすかな嫌悪感を感じつつも瞳を閉じた。

額や眉間や頬に、千里がいくつも口づけを落としてくる。そうすることで懐柔しようとするかのように、やわらかく触れる。

「京弥さん……」

名前を呼んで唇にキスを落とそうとしてきたが、どうしても受け入れられずにふいと顔をそらせてしまった。

「いや……あの……」

思わずといった拒否にいい訳を口にしようとしたが、千里はそれをなだめるように、頬に唇を触れさせるだけでやめてくれた。

首筋へと唇を這わされ、パンツからシャツを引き抜かれて裾から手を入れられる。

肌に熱い手が触れたとき、ぞくりと背筋に悪寒が走った。

（まずい……気持ち悪い……）

千里が嫌いというわけではない。心と身体が歩武しか受け付けようとしないのだ。

歩武以外の男の手に触れられることが、ここまで嫌悪感を誘うとは自分でも思ってなかった。全身に鳥肌がたってきて、かすかに吐き気すら催してくる。

本音をいえば、今すぐにやめたい。だが、これが歩武を忘れられるいいきっかけになれぱと、京弥は身体が拒絶を訴えるのにもかかわらず我慢した。

シャツの中に潜り込んだ手が、胸の飾りをつまんでくる。そこをしばらく愛撫されるのに耐えていると、千里の手がシャツのボタンへとかかる。

京弥が抵抗をしないからだろうか、千里の手はやけにゆっくりとボタンを外していった。前がすっかりと広げられて無防備になると、骨の浮いた鎖骨へと唇を這わされる。また一つ、ぞくりと悪寒がした。

嫌だ……嫌だ……と、心の中では先ほどから拒絶ばかりが繰り返されている。一夜の恋を楽しんでいたころの自分からは、考えられない拒否感だ。

千里のキスが胸に這わされるのに合わせて、京弥の中では拒絶ばかりが育っていった。まるで気持ちよくなれないし、気分も乗らない。頭の中には恐怖すらあって、彼が触れることを自分で許しておきながら、なんて情けないと叱咤した。

だが、行為が進んでも、気持ちはいつまで経ってもついていかない。歩武の手に触れられたときは敏感に反応してしまう部位に触れられてさえ、なにも感じない。ただ『恐い』という思いだけが、京弥の思考を占めていた。

(駄目だ……このままじゃ無理だ……!)

とてもではないが、このままでは最後まで行き着くことなんて無理だと悟った京弥は、肩を押し戻すようにして千里を止めた。

「千里!」

吐き出した声は、確かに恐怖を浮かべている。自分でも滑稽に思えるくらい、身体が強張っていた。

「すまない……やっぱり……今夜はできない」

考えてみれば、歩武に別れを告げてから一週間しか経っていない。彼をすぐに忘れるなんて無理だし、他の男を受け入れるなんてもっと無理な話だったのだ。

「今夜は、これまでにしてくれ……」

申し訳ないと詫びながら上体を起こそうとしたが、千里の手がそんな京弥の両肩を押さえ込んでソファへと戻してくる。

「千里……?」

嫌な予感に冷や汗を覚えつつも訊ね返すと、いつもは穏やかな瞳に雄の欲望を浮かべた千里が見下ろしてきていう。

「ここまできて、逃がすと思ってるんですか？」

「お前……」

「もう終わらせたんでしょう？　だったら、忘れてしまった方がいいです」

「それとこれとは……ちょっ、まてっ……千里っ！」

一度くらい寝てやろうなんて気持ちで千里を招いたけれど、そもそも、そんな不誠実な理由で同僚を受け入れようとしたのが間違っていた。

自分が予想していた以上に、身体が拒絶をして仕方ない。

「無理だ……っ、今夜はっ……無理なんだよっ！」

今夜といわず、もしかしたら一生無理ではなかろうかと思うほどの嫌悪感が湧いてくる。

他人の手に触られることは、こんなにも気持ち悪かっただろうか。昔の自分が、どうやって見ず知らずの相手を受け入れていたか思い出せない。

薄い胸板に唇を伝わせてくる千里を押し退けようとするが、同僚の身体はびくともしない。それでも、力尽きるまで抗いを止めるつもりはない。

「駄目だっ、千里っ……お前じゃ、駄目なんだっ！　お前だけじゃない……っ、他の奴だってっ……俺はっ……！」

下半身に伸ばされた手に不快感を覚えて、悪寒が全身を粟立《あわだ》たせる。

誰の手も嫌だ！　歩武以外は嫌だ！　と、京弥が手足をばたつかせて抵抗し、身をよじる。すると、手にコツリと硬いものが触れて目をやった。そこには、着替える前にスーツのポケットからソファへと投げ出しておいた携帯がある。

以前、歩武がいっていた言葉がふと脳裏をよぎった。

『そんなに好きなら、助けを求めれば？』

そういって、千里に電話をかけろと携帯を握らされたことがある。あのとき、千里に電話をかけることはできなかったけれど、今の自分は本当に助けを求めていて、そして自分を助けてくれるだろう男を唯一知っている。

（歩武……ッ）

体裁なんて構っていられなかったし、彼が今どこの国にいるのかも知らないけれど、京弥は慌てて歩武の番号を探った。

（歩武っ……歩武っ！）

別れを告げたくせに都合がいいと、考える余裕すらない。ただただ、信頼できる彼の顔しか浮かんでこなかったのだ。歩武の番号は、すぐに呼び出せた。別れを決意したときに番号を削除してしまってもよかったはずなのに、そうすることができなかったのはやはり未練を捨て切れなかったからだ。

幸いにも、千里に携帯を取り上げられることはなかった。その間にも抗いは続けていたけれど、千里は止まってくれないし、それを止められない非力な自分に、京弥は目頭に熱まで覚える。

そしてワンコール、鳴り終える前に歩武の声が流れてきた。

『京弥?』

「歩武ッ!!」

彼の声が先だったか、自分の声が先だったかはわからない。通話が繋がったときにはもう叫んでいた。

「歩武っ! 嫌だっ! やっぱりお前じゃなきゃ嫌だっ!」

『えっ、京弥っ!?』

慌てた歩武の声が耳に届いたとき、千里が京弥のベルトへと手をかけてくる。

「嫌だっ! 千里っ! 嫌だっ!」

携帯を手放して両手で必死に抵抗すると、京弥の放り出したそれを千里が拾う。

「上条さん、早く来ないと京弥さんをもらっちゃいますよ?」

そういって、勝手に通話を切ってしまう。

京弥にとって事態は深刻なのに、なぜか楽しそうな声音で歩武を呼び寄せる千里に、京弥は潤んだ瞳で見上げてそれをまたたかせた。

「なに……お前……どういう……」

千里の言葉が理解できなくて問いかけたとき、玄関の方でガチャガチャと音が鳴り、直後に扉が勢いよく開かれる。

「京弥っ!!」

部屋に駆け込んできたその男の姿に、京弥は驚愕した。

「あ…………あゆ……む?」

自分で助けを求めておいて驚くのもおかしなものだが、なぜ彼がここに？　という疑問が咄嗟に湧いてくる。

「お前っ、話が違うだろうっ！」

京弥の上にのしかかっている千里の胸倉を、歩武が怒りもあらわに摑み上げる。それを見て、京弥は慌てて彼を止めた。

「歩武っ、待てっ、乱暴はするな！」

乱暴されていたのは自分だし、それをしてきた千里を庇うのも自分というのは、なんともおかしい気がしたけれど、まだ未遂でもあれば、なにやら様子がおかしいという違和感も手伝って、京弥は歩武の腕にしがみついた。すると歩武は、「くそっ」と一言放ち千里を解放すると、衣服の乱れた京弥の身体を強く抱いてくれる。

「遅くなって悪かった、まさか、こんなことになってるなんて思わなかった」

厚い胸板と逞しい腕に抱かれて、強張っていた身体からホッと力が抜けた。だが、冷静さが戻ってくると、歩武の言動にすら違和感を覚える。

「遅くなって悪かった?　って、どういうことだ?」

腕の中で眉間を険しく寄せていうと、歩武の向こうにいた千里が服を正しながらにこりと笑う。

「俺が、上条さんに連絡をしました」

「千里……?」

怪訝な表情を向けると、千里が向かいのソファへと移動して何食わぬ顔でビールを飲む。

「京弥さんがあまりに腑抜けているんで、航空会社に連絡して、上条さんから連絡をもらえるようにお願いしたんです。シドニーのときに一度電話もらっているんで、上条さんの番号は本当は知ってたんですけどね、わざわざこちらから直接かけることはないかな、と。もし京弥さんのことに真剣なら、ちゃんとかかってくるだろうと思ってましたし、もしかかってこないようなら、そこでジ・エンドでいいだろうと思ってました」

なにを勝手に……いや、なんの意図があってそんなことを……と、長いまつ毛に縁取られた瞳をまたたかせると、それを見た千里はやはり悪びれた様子を見せずに告げてくる。

「やはり、真実は明確にしておかないと後味が悪いです。どうせ別れるなら、すべてを知った後に別れてください。その方が、俺は遠慮なく京弥さんを奪えるんで」

「勝手なことをいうな!　それに、お前もなんでここにいるんだ!」

歩武の胸を押して身体を離しながら千里に文句をいった後で、腕を回してきていた男を睨むように見上げる。とても、助けを求めた相手に向ける視線ではないと思ったが、自分を抜きになにやら話が進んでいたらしいと察して、気分も悪く睨みつけた。しかし、そんな京弥に歩武もどこか戸惑った様子でいってくる。

「俺も、あんたが本当のことを知りたがってるっていわれたんだ。ただ、あんたは素直じゃないから、直接連絡をとると同じことを繰り返しかねないっていわれて……俺もあんたには連絡をしなかった。あいつが場をセッティングしてくれるっていったのに、俺はすがるしかなかったんだ。あんたを諦める前に、どうしても伝えておきたいことがある」

普段の彼らしくもないどこか弱気な発言に絆《ほだ》されそうになったが、彼のいう『伝えておきたいこと』という言葉に京弥は警戒した。

「俺は……もう、話なんてないし、聞くつもりもない」

なんのために、なにも聞かずに決別したと思っているのだろう。どれだけの覚悟がそこにあったか知らないくせに、勝手に聞かせてこようとするなと、怒鳴りたい気分だ。なのに、歩武は諦めてはくれない。

「京弥、あんた誤解してるだろう？　あんた、俺の指輪を見たんだろう？」

「うるさい!!」

一言も聞きたくないという頑なな拒絶を示すと、歩武は言葉をつまらせるようにして唇をきつく引き結ぶ。伝えたいことがあるのに、それをいえないもどかしさといった表情が歩武から窺えて、京弥は顔をそらした。

どんな不測の事態が起こっても後悔だけはしないように、伝えたい言葉はきちんと伝えようと心に決めたこともあるというのに、いざこうして場をもたれるとやはり素直にはなれない。

あらたまられると、まるで心に鎧《よろい》をかぶるように聞く耳も持たないし、口も二枚貝のように閉ざして本音を話さなくなる。こんなことだから別れてしまい、それを何度も後悔して、今度こそは必ず伝えると決意しながらも、やはりこうして繰り返してしまう。

(救いようのないバカだな……俺は……)

自分でいっていれば世話ないと思いながらも、素直に口は開けない。そんな京弥に歩武は、やはり彼らしくない慎重すぎるくらいの口調を向けてくる。

「京弥、一度でいいから、きちんと話をさせてくれ」

歩武がここまで慎重にいってくるのは、本当に珍しい。まるで、選択を間違えればそこでアウトとなり、リカバリーすら利かない精密機器でも扱っているような慎重さがある。

だから、そこまで慎重なら、応えたいという思いは確かにあった。

けれど、そっと目をやった歩武の左手に、銀色のリングを見つけてしまったからその静まりかけていた気持ちが、また一気に再燃してしまう。

「お前と話なんてしたくない！　お前の顔なんてもう見たくない！」

そんなことをいうつもりではなかったのに、指輪とともに金髪の美女を思い出してしまって、言葉は止まらなかった。

「終わったんだよ！　俺たちは！　二年前にっ、とっくにっ！　今さら、なんの話があるっていうんだっ！」

嫌だ、嫌だと、京弥の心が叫んでいた。歩武の話を聞くことも、歩武の指にあるものを見るのも、こんなことをいう自分も、なにもかもが嫌だった。いっそ誰もいない、なにも気にしなくていい世界へ行ってしまいたいとさえ思って唇を噛む。

こんなとき、以前の歩武だったらもっと強引に話を聞かせてきていた。強情を張っていうことを聞かない自分を押し倒して、暴れるのを拘束してでも無理やり話を聞かせてきていたというのに、今ではそれをしない。それだけの価値が自分にはないように感じられて、京弥は込み上げてくる切ない思いを隠すように言葉を投げる。

「……帰れ。呼んだりして悪かった。俺の方には、もうお前と話すことはない。千里と話があるっていうなら外で話せ」

出て行け。と、一言呟くと、歩武が声を失くして拳をきつく握ったのがわかった。

部屋の空気が、ずしりと重くなったように感じられる。歩武から、見えない負の圧力を感じて、彼が今憤りを感じているのだと思い知る。

それは、本当にこれが最後だという証拠にも感じられた。

先に口を開いた方の投げつける言葉によって、自分たちの関係がよい終わりを迎えるか、それとも最悪の終わりを迎えるかが決まるような気がした。まるで憎しみ合っているようにもとれる険悪な雰囲気に、胸がずきり、ずきりと痛んでひどく切ない。憎んでなんていないのに、なぜ自分たちはこんな険しい表情をして、相手の出方を慎重に窺ったりしていなければいけないのだろう……と、京弥はその状況に鼻の奥がツンと痛むのを必死に耐える。

両者とも一言も話さずにしばらくそのままでいると、そんな二人のやりとりを傍観していた千里が、ここにきて深い溜息をこぼした。

「京弥さん、逃げてばかりじゃ、本当に後悔しますよ？」

その言葉に、口を閉ざしていた京弥は弾かれるように反応する。

「お前にそんなことをいわれる筋合いはない！」

千里に苛立ちをぶつけると、とても尊敬しているとは思えない言葉を放ってくる。

「すごく臆病だったんですね、京弥さん」

「うるさい！」

「うわ、図星ですか」

この年下の同僚は、いつからこんなに自分のことを敬《うやま》わなくなったと歯軋りしたい気分だ。その様子を見た歩武も深い息をこぼして、それまで漂わせていた威圧感をふっと消す。

歩武がどうやら落ち着いたらしく、仕方ないといいたげな表情を浮かべたのを見て、彼が自分を諦めたのだと京弥は察した。今さらという思いが湧いたのだろう。それを見て、話などしたくないと自らいっておきながら、京弥は焦りを覚えた。

（終わる……本当に終わってしまう……っ）

すがりたいという気持ちがあった。『やっぱり話を聞く』といって、引き止めたい気持ちもあった。『本当は今でも好きだ』と伝えたい気持ちもあった。しかし、そのどれか一つでも口にできる素直さがあったなら、こんなことにはなっていないという言葉を、京弥は告げる。

「お、お前たちはもう出て行け……っ、ここは俺の家だ！」

さっさと出て行け！　とまで口をついて出るのだから、やはり救いようがないのだろう。千里はやれやれといいたげに肩を竦めて帰り支度を始める。そして、その場を動こうとしない歩武に向けていった。

「あ、上条さんはどうぞそのまま……って、ああ、帰るつもりないですよね」

歩武のなにを見てそう思ったのかはわからないけれど、千里は余計なことをいったといいたげに肩を軽く竦めてから、言葉を続ける。

「きちんと話し合ってくださいね。それでも別れるようでしたら、今度こそ京弥さんを俺にください」

「お前なんかと付き合うわけないだろう！」

「ああ、大丈夫です。俺は、今回のことで京弥さんの扱い方をマスターしたんで」

「扱いって……っ、お前、それでも年下か！」

おどける千里にあまりに腹がたって、空のビール缶を投げつけたがひょいとかわされてあえなく壁にぶつかる。

「要は、実年齢より、精神年齢ですからね。あ、ちゃんと片付けた方がいいですよ。では、お疲れ様でした。失礼します」

呼び出した歩武を置いて、千里はさっさと部屋を出て行ってしまう。パタンと玄関が閉じると、オートロックの鍵が落ちる音がする。いいたいことをいいたいだけいって帰っていった千里に、最早京弥は言葉がなかった。

(俺の方が、子供だっていうのか……っ⁉)

腹立たしさはあったが、途端にシンとした静けさが部屋に広がると、それに合わせるように京弥の気持ちも落ち着いてくる。

どちらとも、すぐには声を発しなかった。

部屋の中央に立ち尽くしたままで、微動だにしない。

まるで互いの心音が聞こえてきそうなほどの静けさが、ゆっくりと京弥の心を鎮めていってくれる。

そうやって落ち着いてくると、なにやら居たたまれない気分で、そのわずかな緊張を追い払うように京弥は声を発した。

「そういえばお前……まだ、合鍵持ってたのか」

玄関の鍵を外して入ってきた歩武に訊ねると、「ああ」と一つ頷いて床に放り投げてあった鍵へと目を向ける。

「鍵を替えられてなくて、よかった」

いつでも歩武が帰ってきていいようにと、彼と別れた後も鍵を付け替えなかった自分が、女々しく感じられてならない。

「……面倒だっただけだ。それより、お前ももう帰れ。話はないといったはずだ」

せっかくまた会えたけれど、これではなんのためにつらい思いをして別れたかわからない。

「話があるなんて千里がでっち上げただけだ。だからもう……」

いいながらシャツの乱れを直そうとすると、ボタンにかけた手をとられて握られる。

「あんたの扱い方なら、俺の方が心得てる」

「お前っ、お前まで扱いって――」

憤りを浮かべた京弥の口が、歩武の大きな手に塞がれた。そのままソファに押し倒されて、馬乗りになって見下ろしてくる。

「京弥とよりを戻したくて、怒らせないようにおとなしくしてたけど、やっぱり駄目だ。あんたに遠慮してると、あんたはすぐに後ろを向いて逃げていっちまう。悪いが、このまま話を聞いてもらう」

大きく瞳を見開いて歩武を見つめると、左手が目の前にかざされる。そこに、銀色のリングがはめられているのを見て、京弥は瞳を切なく眇めると、いやいやをするように首を振った。

(嫌だ……聞きたくない………!)

声にできない思いを訴えたけれど、告げると決めた歩武にそれは通用しなかった。

「あんた、もしかして、これのこと誤解してねーか?」

誤解もなにも、結婚指輪以外のなにものでもないといいたかった口は、やはり言葉を発することができない。抵抗するように視線をそらせば、小さく溜息をこぼされる。

「やっぱりな……指輪の日焼け痕を見つけて誤解したんだろう?」

その言葉に、身体がわずかに震えてしまった。これでは認めているのも同じだと思ったが、無駄に高いというプライドは、いつだって図星に弱い。

そんな京弥を確認して、肯定だととったのだろう、歩武の手が口から外される。

すぐにはなにもいえずにいると、歩武は指輪を抜き取って、それをこともあろうに京弥の左手の薬指にはめてきた。

「なっ……なにしてるんだっ！」

愛する者と交わした誓いの証を他人につけるなんて、なんて罰当たりな！　と驚愕し、すぐさま抜きとろうとしたが、手を握り込まれることで止められる。

「これは、あんたのものだ」

「なに……馬鹿なこと……わけのわからないことを」

いうな！　と怒声をあげようとすると、またも口を塞がれてしまう。だが、今度は手で塞がれたのではなく、京弥が三年前に一目惚れをした魅力的な唇によってだった。

「うんんっ」

キスに抗議をしたが、するりと舌が入り込んできて深く口づけられる。

くちゅりと唾液の絡む卑猥な音をたてながら貪られると、心の奥にある京弥の頑なな部分が、やわらかくほぐされていくようだった。

いつも、こうしてあやされていたことを思い出す。頑固になって引くに引けないでいる自分を、彼はいつだって甘くなだめてくれていた。

（戻りたい……歩武のもとに、戻りたい……）

意固地な自分を落ち着かせてくれるのはやっぱり彼だけだと、あらためて思わされる。

何度となく角度を変えて口づけを交わすと、すっかり身体の力が抜け切ったところでようやく解放された。

キス直後のうっとりとした気分に酔う京弥に対して、歩武は思いもよらない言葉を告げてくる。

「この指輪は、転勤が決まったとき、あんたにプロポーズするために買ったものなんだ」

そのセリフは、それまでの恍惚《こうこつ》とした気分がどこかへ吹き飛ぶほど衝撃的だった。

「プロ……ポーズ？」

これでもかというほど驚愕しつつ単語を繰り返せば、歩武は決まりが悪そうにしながらも発してくる。

「いや、その……形だけでも、あんたは俺のものだっていう証が欲しかったんだ。それでプロポーズするつもりで買ったんだけど……ケンカして、そのままになっちまってた」

なにをいっているんだと思った。言い訳にしてももっといい言い訳はないのかと思ったほどだ。

そんな歩武に、京弥は驚きを消せないまま呟きを落とす。

「結婚……したんじゃないのか……？」

それを発した途端に、歩武が「ちっ」と一つ大きく舌打ちをする。

「くそっ、やっぱり誤解してるじゃねーか！　あんた、人のいうことはもうちょっと素直に聞けよ！」

苛立ちとも腹立ちとも思えるその声には、少しの後悔も交じっているように聞こえた。

そしてその後悔を、歩武は素直に言葉にしてくる。

「俺が遠慮なんてしてねーで強引に聞かせてりゃあ、こんなことにはならなかったんだよな」

彼が何度も、自分に対して話を聞かせようとしていたことが思い出される。

もしかしたら、あれはすべて、この真実を伝えるためだったのだろうか？

京弥が目を瞠《みは》っていると、歩武の溜息が一つ落ちる。

「あんたに渡そうと思ってたもんを、はめてた俺も悪いよな」

そもそも、それが誤解をさせた原因だし、それに、婚約の噂を耳にしたことも要因だ。

「本当に、結婚したんじゃないのか？　一年半前……婚約の噂を聞いた。それに……シドニーの空港で、女とキスを……」

頼りなげに呟くと、歩武は小さな驚きを浮かべた後で、精悍な眉尻を申し訳なさそうに下げた。

「ああ……そうか……それじゃあ信じちまうし、疑っちまうよな」

これは否定なのか肯定なのかと思考していると、その答えが出る前に歩武が真実を伝えてくれる。

「シドニーでキスした彼女は、京弥と会う前に付き合ってたことがある。胴体着陸の心配もそっちのけで、結婚したからお祝いをくれってキスをせがまれたからしたんだが……だからか、おかしいと思ったんだ、京弥と連絡とれねーから。もしかして見られたか？　って焦った」

奥さんじゃなかったと聞いて、京弥は自身の身体からどっと力が抜けるのを感じた。

「それと、婚約の話な。あれ、あんたがいないことに耐えられなくって、せめて代わりにって指輪をはめ出したのがそのくらいの時期だ。そうしたら、結婚したのか婚約したのかってうるさくいわれるようになって、面倒くせーから婚約中っていってやったんだよ。それから噂が広まっていって、まずいと思ったけど、おかげでいい寄ってくる女は減ってくれて助かったし、それに……ほら、あんたと婚約してるっぽくて、なんか気分だけでも楽だろう？　そういうの。だから、そのままにしちまったんだ。まさか、京弥の耳に入るなんて思ってもみなかった」

そんな真相があったなんて、想像もしていなかった。本当だろうか？　と疑うのは簡単だったが、まるで退路を断つように歩武が続けてくる。

「指輪だって、本当はあんたのサイズだったのに、それをわざわざ直してまではめてた。そんなことしてまで京弥のそばにいたいと思うなら、やり直したいっていいにいけよって思ったけど……次また拒絶されたら、今度こそ終わっちまうんじゃないかって思ったら会いにいけなかった。転勤期間はまだ残ってたし、けど、この転勤は機長になるために必要だから譲れなかったんだ。だったら、転勤が終わるまで会わねー方がいいんじゃないかって、勝手に思ってた。たぶん、気持ちのどっかで、あんたの俺への想いを試してたんだと思う」

なんてことを……と、少しばかり愕然とする。そして、彼にそんなことを思わせていたとは知りもせずに、ただ感情をぶつけるばかりだった自身を反省する。

京弥自身が自らの仕事を誇りにしているように、歩武もまたパイロットという仕事を誇りにしている。だったら機長を目指すのは至極当然のことだし、転勤が譲れないのは当然だと、今になって気づかされる。なぜもっと早く、その事実に気づくことができなかったのだろうと項垂れる京弥の顔にかかる髪を、歩武の手が払い除けてくれる。

「あと一年我慢したら、絶対に京弥のもとに帰るって決めてた。三年間は長いから、あんたが他のヤツと遊んでるかもしれないとは思ったけど、誰かと付き合うとは考えてなかった。俺が、あんた以上に愛せるヤツを見つけられないのと同じように、京弥が、俺以上に誰かを愛するなんて絶対にないと思ってた」

なんて強気な想いだろうと感じたけれど、事実その通りだから否定はできない。

「…………自信過剰だ」

歩武の言葉を素直には認められなくて悪態をつくと、彼はそれを鼻で笑う。

「当然だろう?」

大地を駆ける王者と同じ瞳の強さで笑むその顔は、ひどく色気に満ちていて思わず背筋に痺れが走る。黒曜石の瞳をうっとりと細めてそれを見つめたけれど、歩武はすぐにその男前な顔に自嘲を浮かべた。

「と、本当はいいたいところだけどな……実際は、あまり余裕なんてなかったよ。京弥の搭乗日程を調べて、都合が合うたび見にいってた。日本にだって何度も足を運んだ。我ながらストーカーっぽいと思ったけど……心配だったんだ、あんたが誰かと付き合っちまうんじゃないかって」

そんなことあるわけないという言葉も、やはり口にすることはできない。こんなとき、気持ちを素直にいえたら、きっと二人の仲は簡単にやり直せるのだろうけれど、その素直さがない性格は自分でももどかしかった。

「けど、俺が見た限りでは特定の相手がいるように感じられなかったから、安心してた。なのに、半年前くらいからあいつが隣に並ぶようになって、それからは気が気じゃなかったぜ。あいつが京弥に気があるってのは、すぐにぴんときた。同僚にしては距離が近いように感じられたし、腕や腰に触れているのを見かけたことがある。それを振り払うあんたがいたことも知ってるのに……なぜか、まずいって焦りを覚えたんだ。調べたら年下だって知って、あんたの趣味じゃないってのも知ってるのに、あいつには奪われる気がしてならなかった。あいつはいずれ、あんたとの付き合い方を知ってしまうような気がしてひどく焦った」

「なぜ千里にそう感じたのか、俺にはわからないな……」

なにを見て、彼がそんなにも焦ったのか京弥にはわからない。理解できないというと、歩武も曖昧に笑いながら答える。

「野生の勘？　たぶん、あいつも同じように感じてるはずだぜ？　実際、あいつを初めて見かけたとき、あいつはすぐに俺の視線に気づいた。あんたは二年も気づかなかったってのにな」

「くっ……それは厭味かっ？　悪かったなっ、鈍くて！」

悔しさか羞恥かしれない紅潮を頰に覚える。口元を手の甲で押さえるようにして顔をそらすと、歩武がまるであやすように髪を梳いてくる。

「あんたはそれでいいさ。その分、俺が敏いから補ってやれる」

「なんだそれは……二人で一つみたいな寒いことをいったら、今すぐ部屋から叩き出すぞ」

「自分でいってりゃ世話ないな、京弥。だからあんたは可愛いっていうんだ」

そういって、悔しげな表情の顔をさらに赤くする京弥の唇に、歩武はキスを落とす。何度も口づけながら、彼は残りの言葉を綴った。

「あと一年、転勤の期間はあったけど、もう我慢できなかった。あいつにとられる前にどうにかしねーとって焦って、ケアンズの空港で待ってた。あとはもう、あんたにもわかるよな?」

唇を食むようなキスを落としながら説明してきた歩武が、口づけを解いて見下ろしてくる。それに対して、京弥は小さく頷く。

「……わかる」

身体を繋いで誤解をして、別れを告げて、また出会って、また別れを告げてを繰り返した。

自分たちはいつでもそうだ……と、そのすべての原因が自分にあることを、京弥は知っているからこそ、伝えにくそうにしながらも告げる。

「俺が……きちんと聞けばよかったんだ」

そうしたら、きっとこんなに回りくどいことはなかった。素直に彼のもとへ戻っていただろうと考え、無駄にしてしまった時間を悔しく感じていれば、険しく歪めた顔の輪郭《りんかく》を辿るように、歩武の手が撫でてくる。

「いや……京弥にそれができないことを、俺は知ってる。あんたはいつだって自分が傷つかないように、プライドで自分をがちがちに武装してるんだ。だから、自分が傷つくようなことは絶対にしない。それをわかっていたのに、放置した俺が悪い。本当は恐がりで、寂しがり屋だってことも知ってたのにな……そんなあんたが、あいつを逃げ道にするのはわかり切ったことだったんだよな。なのに動揺して、信じちまった俺がいけねーんだ。京弥がもし、あいつといることが幸せだっていうなら……って、らしくもなく躊躇した。そんなこと、あるわけねーのにな」

ふっと微笑をこぼした後で、それまで凪《な》いだ凪のように穏やかだった瞳を、ゆるやかに覇気で漲《みなぎ》らせていった。

「あんたは、やっぱり今でも俺に惚れてる」

強い眼光で心を射貫かれた気分だった。

どくっ……と心臓が大きく音をたてて、瞬間的に止まった気さえする。

「もういいさ、自分への言い訳も、あんたの逃げ道も作るのはやめだ。二度と京弥を手放したりしない。後悔させられんのも、悔しい思いをさせられるのも、もうごめんだからな」

そういって、左手の薬指に口づけを落としてくる。

サイズの合わない指輪が、小さく揺れた。

「愛してる、京弥。俺と、一生を添い遂げてくれ」

鼓膜から入り込んできた言葉に、全身が痺れるような感覚に襲われる。息を呑み、見開いた瞳のその視界が滲んで、熱いものが眦からこぼれ落ちた。

「なんだ……それは……まるで、プロポーズじゃないか……」

嘲笑するように笑うつもりが、上手く笑えない。それでも声を震わせながらいうと、歩武は厳しいくらいに真摯な表情を崩さずにいう。

「返事は、イエスで充分だ。京弥」

あいかわらず強引な奴だと思い、だが、その強引さがいつでも自分を強く優しく包んでくれることを知っている。

きっと、ここで『ノー』といっても、『あんたらしい』と彼は笑って抱き締めてくれるに違いない。

それがわかるくらい、自分は彼に愛されていることを知っていて、そして愛していることを実感できるから、京弥はやわらかく微笑し告げた。

「もちろん……イエスだ、歩武。愛してる」

年上のプライドにかけても、最後まで毅然としていうつもりだったが、彼のもとに戻れるという喜びで胸がつかえて、語尾は声がつまった。

いくつもの筋を作って眦から落ちていく雫に、歩武の笑みを象った唇が触れる。

「ああ……愛してる、京弥……ようやく、あんたのところに戻れたよ」

胸に深く染み入るような声で囁き、強く抱き締めてくる歩武の広い背に、京弥は腕を回した。

互いの想いを告げ合いながら交わす口づけは、優に二年ぶりだ。

「愛してる……歩武……歩武……」

そう口にできることが、どれだけ嬉しいことかと自身の身体に思い知る。

「なに？　キスしただけで、もうこんなかよ」

下肢に手をやられて、恥ずかしげもなく勃ち上がった陰茎を触られた。

「欲しい……もう、歩武が欲しい……」

せめて今日だけでも、素直にすべてを口にしようと思い告げれば、歩武は軽く身震いをする。

「あんた……本当に俺を煽るのが上手いよな」

たまらないといいたげに舌なめずりをする彼の唇が、京弥の下半身へと下りていった。

ボタンの外れかけたパンツと下着を一気に下ろされて、そこから現れた花芯を愛しそうに見つめていう。

「すげーな……もうとろとろじゃねーか」

先端に浮いた雫を味わうように、唇を寄せてきた歩武の呼吸は熱い。まるで餌を前にした獣そのものといった興奮に、京弥の背筋が小さく震える。

敏感なそこを食い千切られてしまいそうなかすかな恐怖と、欲望を隠さない歩武の昂りに、京弥自身も興奮した。

「歩武……早く……」

このままなにもされずに達してしまいそうなほど、京弥の身体は激しく欲情していた。

「ああ、すでに限界って感じだな、京弥。あんたのペニスがビクビクしてて、今にもイっちまいそうだ」

実況はいいから早くしてくれとばかりに、栗色の髪へと手を伸ばして口淫を強請る。

「早く……舐めろ……」

今日だけだ、今日だけ、と、自身の素直さにいい訳をしながら、歩武の頭を押す。それに、ふっと笑った歩武の吐息が陰茎に触れて、また一層に身を震わせた。

「了解、奥さん」

それはいったいなんのプレイだ！　と叫びたくなるような言葉を発した歩武が、京弥の昂りを根元まで飲み込んでいく。

「ああ……っ！」

その強い快感に腰を浮かせて喘ぐと、肉厚の唇で二度、三度と強く擦ってくる。すでに限界に近かったそこは、強く吸引されるだけでも切なく震えた。

浮いた筋にねっとりと舌を這わされると、もうどうにもたまらなくて声をこぼさずにはいられない。

「もうっ、駄目だっ……歩武っ」

もうイく！　と訴えた京弥を見計らうようにして、歩武の指が二本、小さな蕾へと埋められる。

「ああっ、歩武っ！」

ほとんど叫びに近い声で喘ぐと同時に、昂ぶったペニスは熱い樹液を迸《ほとばし》らせた。

「ああっ……――――！」

どくっ、どくっと、心臓が二つあるのではと思うような音を体内に響かせながら、精液を吐き出す。

それを喉を鳴らして飲み込む音にさえも、京弥は胸が甘く震えた。

口元を拭いながら顔を上げた歩武をうっとりと見上げれば、彼は満足そうに笑う。京弥の中をいじりながら、片手で器用にズボンの前を寛げる。

下着の中から長大なペニスを取り出すと、京弥の内部から指を引き抜いて隆起したそれを秘処に宛がってきた。

「我慢できそうにねーんだ。もう、挿れさせてくれ」

いい終えるが早いか、太い亀頭を体内へと潜り込ませる。まだいく分もほぐされていないはずのアナルが、それでも歩武の雄を無理なく飲み込んでいった。

「あっ、歩武っ……あっ、あっ」

気持ちが昂っていると、身体は素直に反応してくれるものだ。

今すぐ歩武と一つになって、二人で溶け合いたい。そんな想いに、慣らさずに受け入れるのはかなりきつい彼のものを、自ら奥へと導いていく。

「くっ……あんたのここに喰われてるみてーだ」

揶揄しながら深く突き上げるようにして、最奥を一気に貫かれる。

「ああっ……！　歩武っ！」

さすがに一瞬痛みで目の前が眩んだ。喉を反らして大きく喘ぐと、歩武はすぐにも激しく律動する。

着衣の乱れた京弥とは違って、服を脱ぐ余裕すらないのか、歩武は薄く汗をかきながらも腰を動かし続けた。

シャツの前がはだけた京弥の肌に吸いついてきて、そこに所有の証を刻んだかと思うと、小さく立ち上がった乳首を前歯に挟んで引っ張ってくる。

「いっ……あゆっ、あっ、んっ、あゆ……ああっ」

たまに痛いほどの愛撫を寄越してくる彼は、ひどく興奮していて加減ができないといっているようでもあった。それは歩武の発してくる言葉からも窺える。

「京弥……京弥……愛してる……もう……絶対、離さない……」

愛しいと全身で表してくる歩武の想いが、京弥には嬉しい。

ようやく彼のもとに戻れたという実感が得られて、これまで以上に彼を愛しく感じた。

きっとこれから、自分たちはもっと深く繋がり合うことができるだろう。

表面に見えるものは、あくまで形でしかないけれど、それでも愛しているという証に心は満たされる。

京弥は薬指に感じる指輪の感触と、肌を傷つけんばかりに想いをぶつけてくる彼を愛しく感じながら、広い背にしがみついて言葉を綴った。

「お前のいない二年間は……本当につらかった……だから……もう、一生俺の手を離すな」

その言葉に弾かれるように顔を上げた歩武の男前な顔が、驚きを浮かべて見つめてくる。

「愛してるよ……歩武」

こんな素直に微笑って告げられるのは、もしかしたらこれから先の人生を見ても、そう多くはないかもしれない。

それでも、できるだけ素直になれるよう努力はしようと心に誓う京弥を、まじまじと見下ろしてきていた歩武が、眩しそうに微笑うのを見た。

「ああ……一生離すもんか」

そういって、互いの手を絡め合い高みを目指していく。

情熱の果てに二人が見たものは、生涯忘れられない無邪気な笑顔だった。

離陸を告げるアナウンスが機内に響き、窓の外の景色は陸から一気に空へと変わっていく。

眼下にシドニーの街並みを映し出しながら、機体は上昇する。

しばらくすると、ポンと音がしてシートベルト着用の義務が解除された。

「それにしても、ロバート氏の仕事は早くて助かりましたね。新しい料理もたぶん今の案で決定でしょうし、案外納期が早くなったりしませんか？」

千里が意味ありげな視線を向けてくるから、京弥はそれを睨み返す。

「なにがいいたい」

憮然とした口調でいうと、年下の同僚は肩を竦めるようにしていう。

「シドニーに来ることも少なくなるかな、と思い、少し喜んでみました」

言葉の裏にある意味を読みとった京弥は、返す言葉もなくてフンと鼻を鳴らし窓の外へと目をやった。

半年先にリニューアルオープンを予定しているレストランのために、オーストラリアにはまだもう少し通わなければならない。

歩武の転勤も残り一年をきっているが、彼が日本に帰ってくるまでには、あともう少し待たないとならない。

それでも、彼がどこの国に飛んでいようと、自分がどこへ出張していようとも、互いは繋がっているのだという確信があるから、安心して待っていられる。

マンションの部屋で交わした誓いは質素だったけれど、とても厳《おごそ》かで神聖に感じられた。

歩武は新しい指輪を買うといったが、彼がこの二年間肌身離さずつけていたという指輪を、京弥は望んだ。

サイズを新たに変えた指輪と、京弥が歩武のために新しい指輪を用意して、二人は一生を添い遂げる約束をした。

心が繋がっていれば充分と思う気持ちもあるけれど、こうして左手を飾る指輪を見ると、やはり嬉しい。いつも一緒なんだと、あらためて実感させられる。

社内でつけるにはなにかと面倒があるので、さすがに普段は外しているが、こうして出張先や休日には必ずつけるようにしている。

そのおかげで、シドニーの陽射しに焼けた肌にはくっきりと指輪の痕が残ってしまった。それが、社内にいるときは指輪の代わりだと、自分では思っている。

左手に光る指輪を撫でると、隣に座る千里がそれを指摘してきた。

「まさか、形だけでも結婚するとは思わなかった」

再び視線を千里に向けると、少しばかりつまらなそうな表情で溜息をこぼす。

「いいですけどね、京弥さんが幸せだっていうなら」

とても祝福しているようには見えないが、千里には申し訳ない気持ちと感謝の気持ちがある。

「お前には、ずいぶんと助けられたな」

思いをきちんと言葉にすると、同僚は少し複雑そうな表情で苦笑した。

「どうか、幸せになってください。それが、俺には一番嬉しいはずですから」

はず……といった彼の気持ちを、きっとここは汲みとるべきなのだろうと思う。素直な気持ちを言葉にするのにはいまだに慣れないけれど、千里には誠意をもって告げるべきだと、京弥は口にする。

「もう道は間違えない。必ず幸せになる。ありがとう、千里」

そういうと、千里の唇が一瞬だけ引き結ばれたのを見たが、それには気づかない振りをした。

千里もまた、それでいいというように、すぐにいつもの人懐こい笑顔を向けてくる。

「そうですよね、俺は頑張りましたよね。来週の昼飯、期待してます」

倒れてもただでは起きないという性格に、京弥も笑った。

そんな会話をしていると、千里が「あ……」と一つ声をあげる。

「噂をすればなんとやら、ですね」

視線を向けると、京弥たちの座るビジネスクラスへとパイロットがひとりやってくる。

「歩武……」

自動操縦になったのだろうけれど、彼が機内の座席までやってくるのは初めてだ。

「俺、ちょっとトイレ行ってきます」

千里が席を立つと、歩武とすれ違いざまに短い挨拶を交わし合った。歩武は乗客それぞれに軽く挨拶をしながら、京弥のもとへやってくる。

そして、少しばかり驚いた顔で彼を見ていた京弥に向けて、小さく頭を下げた。

「当機の副機長を務めます、上条です。いつもご利用いただきまして、ありがとうございます」

まるで他人のような挨拶だが、彼が仕事とプライベートをきちんと分けているこの態度が、京弥にはとても好ましい。

「いえ、こちらこそ、いつもお世話になっております」

京弥が挨拶を返すと、歩武はさらに続けてくる。

「当機は、九時十分、成田着を予定しております。運航には細心の注意を払っておりますので、到着までごゆっくりお寛ぎください」

それは、昨晩に少しばかり無理を強いてきた男の詫びの言葉だろうか。

そんな歩武に、京弥は喉の奥で小さく微笑うと、礼を口にした。

「ありがとうございます。では、成田まで休ませていただきます」

そういって視線を交わし合うと、歩武の表情が嬉しそうにゆるむ。彼のこんな顔が好きだと思い微笑する京弥を、歩武は眩しそうに見つめながらいった。

「快適な空の旅を、お約束いたします」

成田に着いたら、一緒に家に帰ろう。そんな聞こえない声を交わすようにして微笑い合う。

二人の左手には、銀色の指輪が輝いていた。

【あとがき】

このたびは、年下×年上本をお手にとっていただき、ありがとうございました。

この話は以前ネット配信されていたものの続編です。『続き書きたい』といい『よろしい』といわれたときは超喜びました。だって京弥《きょうや》が可愛くて好きだったからです。

はじめはもっとツンデレな感じに……！　と思っていたんですが、京弥はデレがないツンツンなのね。というかもうヒスの域に達していたわけですが……それでも、この暴走っぷりが可愛くて好きです。歩武《あゆむ》も好きですが、この本ではやはり京弥の方が好き。あの暴走っぷりはなんというか、恋する乙女的な発想で……けど本人はいたって落ち着いた大人のいい男だと思っている。だから余計に愛しい。

今回は歩武がちょっとおとなしめですが、その分千里《ちさと》が頑張った！　きっと千里もこれから先もっと好い男になることでしょう。けど、ずっと京弥を好きでいてくれたらいいと思ってます。それでたまに歩武の邪魔をしにくればいいです。というか、歩武の邪魔というよりは京弥の邪魔かな？　歩武との時間を邪魔されて『早く帰れ！』とイラッとするわけですよ（笑）。

そしてパイロットの話といえば飛行機……！　じゃなくて、制服!!　パイロットの制服大好き。ああいうカチッとした制服はやはり萌えます。制服ってその人を五割増くらい格好よく見せてくれますよね！　というかもう、制服にしか目がいかない！（笑）

歩武はたまに着くずしてますが、彼はフェロモンの塊のようなヤツなので、着くずすとエロい。でも決めるところではピシッとカチッと着こなせるから、またいいんだと思う。

それもこれも、ひとえにイラストを担当してくださった香坂《こうさか》あきほ先生のおかげです！香坂先生の歩武と京弥だったから余計にカッコイイし可愛いんですよ♡　私事で予定を変更していただいたりと、ご迷惑をおかけしてしまいましたが、素敵な二人を描いてくださって本当に嬉しいです！　ありがとうございます！

それから担当様にも、お礼は言い尽くせません！　あいかわらず支えていただきました。次回からは担当様が代わってしまうとのことでとても残念ですが、これまで励ましていただいたご恩は忘れません！　よりよいキュンなBLを目指して頑張ります！　ありがとうございました。

そして、歩武の下着を通して香坂先生と担当様と私が一つになれたことを喜ばしく思ってます（笑）。ふふふ……黒ビキニは永遠です。

お読みいただけたお嬢様たちが、同じように一つになってくれていたら幸いです♡

ではまた、次回お付き合いいただけますよう、よろしくお願いします。

ありがとうございました。

自由の女神の秘密

都内某所のマンションの一室、昼下がりの微睡《まどろ》みの時間。会議用の資料に目を通していた京弥は、スーツケースの中身を整理する歩武へと目をやった。

実家も自宅マンションも、京弥の部屋よりよっぽど立地がよくて面積も広いというのに、関係を持ってからすっかり居着いてしまっている。一度『帰れ』といったことはあるけれど、『こっちの方が通いやすい』といって、彼はパイロットの制服で出ていって同じように制服で帰ってくるようになった。

歩武の職業柄、毎日家に帰ってくるわけではないので、居着かれたところで京弥のプライベートがまったくないということはない。むしろ、家にいるときは自炊派だという歩武は、京弥の食生活に潤いを与えてくれる。もちろん、夜の方にもたっぷり潤いを与えてくる彼は、昨晩帰国してから空が白みはじめるまでの間、京弥をまったく寝かせてくれなかった。

そして昼近くに目を覚まして軽く朝食をとり、コーヒーを飲みながら新聞を読んだりしてまったりと過ごしたのちに、京弥は仕事のチェックを始め、歩武はスーツケースを片付けはじめた。

(まったく……どうかしている。俺が他人を部屋に入れるだけでなく、そのまま居着かせるだなんて……本当、どうかしてる)

そんな自分が信じられないと首を振りたくなるものの、こうして二人で過ごす時間を案外と気に入っている自分がいるのを京弥自身も気づいている。言葉で上手く説明はできないが、とにかく歩武の隣は居心地いい。料理も上手いし、身体の相性もいいし、無理に会話を求めないし、媚びたりひけらかしたりもしない。顔もスタイルも趣味もいいし、なんといっても一緒にいて心が和む。時には熱く、時には激しくなりながらも、最後にはやっぱり優しく穏やかになれる。

(年下のくせに……)

年齢へのこだわりがどうしても拭えないけれど、プライドが高くて意地っ張りな自分を上手にコントロールして、たまにひどくささくれ立つ気持ちをその長い腕に包んで落ち着かせてくれる。歩武がきてからというもの、彼が仕事で留守にしているとき、ひとりの部屋がなにか物足りないと感じるようになった。なにが足りないか……なんて、考えずともわかる。そこにいるだけで、陽射しに照らされたような温もりを与えてくれる歩武がいるのといないのでは、室内の明るさも温度も違う。

(絆された……この俺が)

信じられない、と否定や困惑をすべて振り払うことはいまだできないけれど、彼の存在がそこにあるのがなによりの証拠だと、京弥は今一度歩武へと視線を移す。

自由を愛し、束縛を苦手としそうな見た目と違って意外に家庭的で、そして証明を好む。京弥の身体には、歩武によって刻まれたキスマークが多く残っているし、彼の身体には自分がしがみつき噛みついた痕が残っている。そして歩武はそれを厭うどころか、嬉しそうに鏡で確認しているのを京弥は知っている。その心理は京弥にしてみれば少々理解しがたいものがあるけれど、己の身に彼の存在を感じられる証は確かにそう悪くない。そう考えると、なにやら楽しげにスーツケースを漁る男が愛しく思えた。

「コーヒー、飲むか?」

京弥は書類をテーブルに置いてソファから立ち上がり、歩武に声をかける。

「ああ、飲む。淹れようか?」

茶色の瞳を上げて訊ねる歩武に、京弥は小さく笑う。

「俺だって、コーヒーくらいなら淹れられる」

「ふっ……だよな。じゃあ、頼む」

笑みを返してまた片付けに戻るのを見てから、京弥はキッチンに入った。

本当はネルドリップがいいといいながらも、後片付けの手間からペーパードリップを選び器具を持ち込んだ歩武に、美味いコーヒーが飲みたいなら専門店へ行けと告げたことのある京弥は、彼が居着く前まではコーヒーなんて市販の缶で充分と思っていた。なのに歩武に淹れてもらっているうちに、いつの間にか彼といるときはこれが普通になっている。

少しの手間を惜しまなくなった自分を『変わったな』と思いながら、準備を整え再びソファに戻ってくると、それまでスーツケースに向き合っていた歩武が、今度は壁に寄せてあるキャビネットに向かっている。

「なにしてるんだ？」

楽しげな様子を窺わせる背中に問いかけると、どこか嬉々とした声音が返った。

「京弥と俺のメモリアルモニュメントを飾ってるとこだ」

「はっ……？」

思い出になるような記念碑など自分たちにあっただろうか？　と首を捻ると、飾りつけに満足したのか歩武がキャビネットを離れる。そしてその上に置かれたものを見て、京弥は長いまつ毛をまたたいた。

「な……………自由の女神？」

メモリアルモニュメントという理由には得心がいった。けれど、これまで何度も足を運んでいるニューヨークを象徴する土産物などいらないと、京弥は声をあげる。

「おま……っ、そんな収集癖持ってるか!?」

「収集癖？　ねーよ、そんなの」

あっさり否定してくる歩武に、京弥はキャビネットの上に居座る自由の女神像を指差す。

「だってお前、あれっ！」

「だから、あれはあんたと俺のメモリアルモニュメント」

「メモっ……リバティ島には行ってない！」

「そういう細かいことは気にしてねーから」

要は、一目でニューヨークを思わせるものということだ。

（ニューヨーク……自由の女神って……ベタすぎる……）

それ以上言葉を続けられずにいる京弥の唇に、歩武の魅力的な唇が触れる。

唐突なそれに驚いて瞳をまたたくと、男の色気を含んだ男前な顔が微笑した。

「あんたと出会えた運命の証が欲しかったんだ」

一息にいって、再び可愛いキスを触れ合わせてきた歩武は、京弥にふっと一つ笑みをこぼすと背を向けてキッチンへ向かう。

「コーヒー、やっぱり俺が淹れてやるよ」

それに返事もできずにいた京弥は、手の甲を唇に押し当てると、真っ赤に染まった顔でぽつりと呟く。

「趣味……悪すぎだろ」

なんて恥ずかしいヤツなんだと思いながらも、存外悪い気分ではない自分がまたちょっぴり悔しい気がした。

その三年後、キャビネットの上にシドニー・オペラハウスが増えたことはいうまでもなかった。

素直《すなお》でいられる恋《こい》の確率《かくりつ》

プラチナ文庫をお買いあげいただき、ありがとうございます。
この作品を読んでのご意見・ご感想をお待ちしております。

★ファンレターの宛先★

〒102-0072　東京都千代田区飯田橋3-3-1
プランタン出版　プラチナ文庫編集部気付
清白ミユキ先生係 /香坂あきほ先生係

各作品のご感想をWEBサイトにて募集しております。

プランタン出版WEBサイト http://www.printemps.jp

著者――清白ミユキ（すずしろ みゆき）
挿絵――香坂あきほ（こうさか あきほ）
発行――プランタン出版
発売――フランス書院
〒102-0072　東京都千代田区飯田橋3-3-1
電話（営業）03-5226-5744
　　（編集）03-5226-5742
印刷――誠宏印刷
製本――小泉製本

ISBN978-4-8296-2421-0 C0193

君の愛は僕の罪
Haruka Seryou
芹生はるか
イラスト／石田育絵
許されなくても。
抱き潰して。
縋らせたい。
ある思いを胸に秘め、桧山崇は義理の息子、桂一だけを見つめている。だがある日、桂一は崇を力でねじ伏せ、怖ろしくて淫蕩な愛撫で嬲る！　――なぜ？　なぜ!?　崇は必死に抗うが、怒りと、それを凌駕する熱に燃えた桂一の瞳が見つめるのは……

シュガー♥ラブ
~恋のランチはお・あ・ず・け~
Presented by Matsuri Kohzuki.
髙月まつり
イラスト/かなえ杏

ばらされたくなければ体を好きにさせろ!? 上司の東に取引を持ち掛けられた圭。冷たい言葉と裏腹に、自分を大切に扱い、優しく触れる指に蕩かされ、体は貪欲に愛撫を求めてしまう。もう東を憎めない！ 募る虚しさに堪えかねた圭は!?

●好評発売中！●

プラチナ文庫

可愛いから泣いてみな
アン♥ってな

◆◆◆◆◆◆◆◆◆◆◆◆◆◆◆

極道さん、治療中!?

永谷圓さくら
イラスト／水名瀬雅良

◆◆◆◆◆◆◆◆◆◆◆◆◆◆◆

平凡な歯科医・鳴海は、ヤクザの篠田にプチパニック。ある日チンピラの抗争で、自分を庇って篠田が大傷を。自室に匿おうとしたら、唇を塞がれた…ってキスですか、コレ!?

好きだから間違えない。
その瞳もキスも嘘も

◆◆◆◆◆◆◆◆◆◆◆◆◆◆◆

純情コンプレックス

宇宮有芽
イラスト／宝井さき

◆◆◆◆◆◆◆◆◆◆◆◆◆◆◆

兄の親友、久世に、猫の世話を頼まれた真人。久世との同居は楽しく、なのに何故か切なくて!? 更に、酔った夜、唇も体もとろとろになるようなキスをされ、寝込んだ久世に抱き竦められる!!

●好評発売中!●